百部红色经典

炭矿夫

龚冰庐　著

北京联合出版公司
Beijing United Publishing Co.,Ltd.

图书在版编目（CIP）数据

炭矿夫 / 龚冰庐著. -- 北京：北京联合出版公司，
2021.7（2023.12重印）
（百部红色经典）
ISBN 978-7-5596-5082-5

Ⅰ.①炭…　Ⅱ.①龚…　Ⅲ.①短篇小说—小说集—中
国—现代　Ⅳ.①I246.7

中国版本图书馆CIP数据核字(2021)第030818号

炭矿夫

作　　者：龚冰庐
出 品 人：赵红仕
责任编辑：牛炜征
封面设计：李雅楠

北京联合出版公司出版
（北京市西城区德外大街83号楼9层 100088）
北京新华先锋出版科技有限公司发行
大厂回族自治县德诚印务有限公司印刷　新华书店经销
字数136千字　787毫米×1092毫米　1/16　12印张
2021年7月第1版　2023年12月第2次印刷
ISBN 978-7-5596-5082-5
定价：49.00元

出版前言

　　为庆祝中国共产党成立 100 周年，全面展现中国共产党成立以来中华民族辉煌的发展历程、取得的伟大成就和宝贵经验，集中体现中华民族的文化创造力和生命力，北京联合出版公司策划了"百部红色经典"系列丛书，希望以文学的形式唱响礼赞新中国、奋斗新时代的昂扬旋律。

　　本套丛书收录了近一百年来，描绘我国人民在中国共产党的领导下艰苦奋斗、开拓创新、改革开放的壮美画卷，充分展现我国社会全方位变革、反映社会现实和人民主体地位、弘扬社会主义核心价值观、讴歌中华民族伟大复兴中国梦的 100 部文学经典力作。

　　本套丛书汇集了知侠、梁晓声、老舍、李心田、李广田、王愿坚、马烽、赵树理、孙犁、冯志、杨朔、刘白羽、浩然、李劼人、高云览、邱勋、靳以、韩少功、周梅森、石钟山等近百位具有代表性的中国现当代著名作家。入选作品中，有国民革命时期探索革命道路的《革命的信仰》《中国向何处去》，有描写抗日战争的《铁道游击队》《敌后武工队》《风云初记》《苦菜花》，有描绘解放战争历史画卷的《红嫂》《走向胜利》《新儿女英雄续传》，有展现新中国建设历程的《三里湾》《沸腾的群山》《激情燃烧的岁月》，有寻找和重建民族文化自信的《四面八方》，也有改革开放后反映中国社会现状、探索中国道路的《中国制造》，同时还收录了展现革命英雄人物光辉事迹的《刘胡兰传》《焦裕禄》《雷锋日记》等。

本套丛书讲述了丰富多样的中国故事，塑造了一大批深入人心的中国形象，奏响了昂扬奋进的中国旋律。这些经历了时间检验的文学作品，在艺术表现形式、文学叙述方式和创作技巧等方面都具有开拓性和创造性，作品的质量、品位、风格、内涵等方面都具有很高的水准，都是有筋骨、有道德、有温度的优秀作品，很多作家的作品都曾荣获"五个一工程奖""茅盾文学奖""鲁迅文学奖""国家图书奖"等奖项。

为将该套丛书打造成为集思想性、艺术性、时代性为一体，展现新时代文学艺术发展新风貌的精品图书，北京联合出版公司成立了由出版界、文学艺术界的资深专家和学者组成的编辑委员会。他们从文学作品的历史价值、文学价值、学术价值、现实意义等维度对作品进行了深入细致的研读和筛选，吸收并借鉴了广大读者的意见与建议，对入选作品进行深入细致的分析与综合评定，努力将"百部红色经典"系列丛书打造成为政治性、思想性和艺术性和谐统一的优秀读物，向伟大的中国共产党成立100周年这一光荣的日子献礼！

目 录

炭矿夫

I 之 1

将近六点钟辰光，天空已经黑暗了下来；虽则是残冬天气，却并不觉得怎样冷。

正是煤矿工场里将近换班的时候，山道上布满了矿夫手中提着的瓦斯灯光，如像鬼火般在四野里漾动。

西山的麓下，沿着铁路的一方空地上，是一些无家可归的矿夫们的大本营，在这空地上，他们用些茅草和泞泥盖着一些房屋。这些房屋密密地紧排着，如像一团挂在枯杨树上的蜂窠。

这个时候，一盏盏的瓦斯灯从一间间茅屋里闪出来，上工去的矿夫们，从鼻管里哼出来几句不合腔的戏曲。妇女们大都走出来站在屋角头，等候男子们回来晚餐，孩子们在嚷着要东西吃。

住在这里的矿夫们，都是些不知从那里来，不能再向那里去了的浪人。他们没有故乡，没有亲戚，所以只好在这里混过这一辈子。或则他们从祖父起就搬到这里，传到现在，就把故乡遗忘了！

---

* 本书收录的作品均为龚冰庐的代表作。其作品在字词使用和语言表达等方面均具有鲜明的时代特色。此次出版，根据作者早期版本进行编校，文字尽量保留原貌，编者基本不做更动。

他们都是各式各样的，从各各不同的地方来的穷人，带着他们各各不同的方言；因为在这里住久了的缘故，他们大多数已有了相当的同化。他们相互团结着，互助着。所以他们虽则是各式样的异方人，但非常地融洽，在这里的一大集团中，恰如一家人。虽则他们也免不了冲突，但总不过由于一时的冲动，他们总还是团结的，因为他们都深深地知道，他们是在同一的命运中。

残冬的山道上，被积雪融化下来的水分，弄得非常泥泞。这时从西山的麓下，有一个老人不劳跋涉地踏着不平整的山路向这蜂窠似的群居中走来，他很艰涩地，佝偻着背走他的路。幸而是向晚的天气，地面被冷风吹得有些结冻了，然而因他走路的迟钝，常常被泥泞把他的鞋子胶住，使他几乎绊倒。

——什么时候这路会变得好走点了，天哪！

他近于自语似的说着，声音非常地低微。但他虽则诅咒着，怀恨着，他却并不因此退缩，他仍继续跨着他的脚步，他很虔诚地挨向前去，他的手中紧紧地捏牢着一盏旧洋铁管制的瓦斯灯，灯光微弱地照着他的去路。

转过了西山的背面，踏上了旧礼拜堂前面的大道，路比较好走些了，他才把脚上黏住的泥污洒落了一点，瓦斯灯里放了一点水进去，然后大踏步向前奔去。

在那大道上，密密地走着成群的炭矿夫，这些对于他一点也引不起注意来，虽则这是普通得很的事情，但他连头也不曾一抬，他永远是把头低着，好像在这宇宙中，只有他一人在独步。

这样地继续走了不久，他已经从一条小路上穿到了这堆蜂窠式的茅屋的丛里。那里正笼罩在充满水汽的厚空气中，未全散去的炊烟，还微淡地荡漾在冷风中。小孩子们群集在黑暗的屋角间跳跃着，他们是活泼且欢喜，他们还不曾看见过此外的世界。

每间茅草房的芦壁间，从狭狭的小窗口中透出些暗淡微红的煤油灯光，这些灯光并不能照耀出一点光线出来帮助人们的视力，只是更形显出了整个的环境中的黑暗。这茫茫的夜的恐怖，尤其会使人联想到这宇宙的浩淼与深秘。

那位老人幽默地在茅草屋间走着，他不和一个人交谈，别人也并不曾注意到他，他穿过了那里的一条仅能容一个人走得过的小巷，走到了他的目的地。这里是一间和四周一样的普通的茅草屋，屋顶是弧形的，低矮而且狭小，一扇薄板钉成的小门，塞住了一个异常矮小的门框，芦壁上开着一块一尺见方的小窗口，用木片钉成小方格，上面糊些报纸。

窗洞内没有光线透出来，里面黑沉沉地没有一点东西能给人看见，这里好像是久湮的古墓，没有一点生之气息，从对面人家的小窗口内发出一点煤油灯的微光，映在篱壁上，发出一线深沉的而且苦闷的暗红色，在这里面，谁都不会相信还有活着的人在住着。老人把手中提着的瓦斯灯提高起来，照耀着那扇狭小的窗子。但他没有看见什么，他只照见了钉在外面的，破烂的木板和被风吹雨蚀而快要腐败了的芦壁，里面没有一点声息，外面也异常寂静，只有远处山脚下的瓦斯灯光，更密密地排着队伍在闪动。

老人把拿瓦斯灯的手落下的时候，他长叹了一声！但他没有因这刹时的伤感而减少了他的勇气，他把瓦斯灯重新提将起来，先把他的周遭照视了一回，然后轻轻地把板门推动起来。薄薄的木板门，本来没有什么重量，但因门后有什么挡塞着，并且门臼也朽腐了的缘故，他推门时发出很大的声响！老人非常胆怯地，好像一个深夜中的贼子，他听见声响太大了，立刻停止一下，踌躇了半天。

终于他又去推门的时候，听见了里面发出了一声低微的人声。

——谁啊？……

——是我呢。你没有睡着？

老人这才勇敢地用劲推着门，把门推得半开了，伸手进去把后面撑着的一张凳搬开，走了进去。

当他进去的时候，在沉黑的屋角的深处，发出了一声女人的叫声，这声音带着病痨的微颤，非常之低弱，但又十分亲热而且感人。老人立刻把瓦斯灯光侧转过去向着那睡在屋角里的一张床上的女人。那女人轻轻地挣动了一下，避开他的刺目的灯光；接着，她又伤感地像在一个极大的困顿中恳求人家援助似地叫了那老人一声：

——爸爸！

那声音恰似羔羊向乳羊亲昵时的低鸣。在这音调中带有无限的人情味，老人因此感动了，流下了眼泪。

老人走前了一步，把瓦斯灯凑前去燃着桌子上的一盏煤油灯。煤油灯的弱小的光芒，仅能把一间狭小的屋子映演出一点轮廓来。

屋子内非常简单，屋角的深处是一张木板小床，床前一张小方板桌，在靠近入门处的左边，安排着一付简单的烂泥灶。

就这样简单的一间屋子中，每日的起居通同在内了。他们在里面吃，在里面睡，也在里面做工。仅仅是这样，穷人们一辈子的生命就在这里渡过了。

屋内异常地灰暗而且萧条，泥土的地面，被屋顶上漏下来的雪水弄得异常潮湿，人走动时脚底下会发出吱吱的声响。一般触鼻欲呕的腥臭，使人闻着了不爽。这里充满的是疾病和饥寒，空气中满是微菌和腐臭。那妇人正绻缩在一床破被絮里，一个又黄又瘦的脸儿伸在外面。她的头上的长发，很蓬乱地卷成了一团，盖在她的苍白的额上。在老人把煤油灯点燃起来的时候，她把脸转回了过来，并且把眼睑开始张开来；她的无神的眸子死钉在老人的脸上，好像她对他有所诉苦，也像是有所询间。但她只是沉默着，他并不要说什么话。

老人把他手里的瓦斯灯在桌子上放了下来，然后在床旁的一张狭凳上坐了，当他坐下时深深地叹了一口气。他这一声长叹中，发泄了他在山路上跋涉的困顿和由目前的印象使他生出的伤感。他也不说话，两个人相对沉默着，相互看了看。老人在路上带来的兴奋，至今似乎已消失了。

那个妇人和老人是父女，她是一个矿工的妻子。老人是煤矿公司的机器间里的火夫。

两人相对沉默了许久，老人几乎忘了他是为了什么而来的。其实他确实没有什么必要的事务，他此来的目的，仅仅不过是来探望一下，他要探望他的新生的外孙。一个老人对于一个小孩，总会起一种无意识的热爱，尤其是那老人在长久的孤独之中，所以对于外孙的爱愈加狂热。

终于是老人先开口：

——今天还在发热么？

——不，现在不……

这样简单的对话过后，两人又沉默了。他们很想多找些话来谈，但是都没有话讲出口。

——阿根睡着了么？——老人明明知道他的外孙在他的母亲的怀里熟睡着，但是因无聊的默然之后，他脱出了这一句问话来。他不等回答，立起身来走向屋的深处。他起先踌躇了一回，终于去把安放在一只破泥炉灶上的瓦罐盖揭了开来。

妇人起先看着他，等他走到灶前去时，她机械地坐了起来。

——你要喝茶，爸爸？

他没有回答，他长叹了一声！

老人继续在四周摸索着，在放粮食的木箱里，在满涂着油垢的空碗里。在他摸索着的时候，妇人瞪视着两眼，惊奇地看着。

结果，老人颓然地倒了下来，当他在凳上坐定的时候，妇人流起泪来。

——唉，你们什么都没有了么？——老人带着感慨的声调问。

妇人还来不及回答的时候，睡熟在她怀里的小孩被她的震动惊醒了。小孩起先轻微地挣动着，后来几乎哭出声来。妇人很有训练地把小孩从破被中抱了起来贴着她的胸脯。老人立刻又站起来，神经质地走将过去，想把手伸过去抱那小孩。妇人惊骇地看着，她把孩子更贴紧着她的身子。老人这才觉得有些突兀了，他静静地站着，在他花白色胡须遮掩着的绷裂的双唇上，浮泛出一层出于衷心的微笑。接着他又俯下身去。两眼直钉着那孩子，长久长久不把视线偏向别处去。

孩子很安分地伏在他母亲的胸前吸乳，老人不断地站在旁边凝视着。他像是很有兴味地，非常之有意义地在讨究着一件难见的事物。他不断地微笑。

因为饮食的不足，尤其是正在疾病中的那位妇人，两奶简直是干枯得像放空了气的皮袋，只不过两层皮悬挂在胸前。小孩子却很贪食地在狂吸，老人也很满足地看着。

终于因为没有乳吸着，小孩子哭起来了。妇人忙着哄他睡，老人也同时失望起来。

——那来的乳呢？……这几天我东西都没曾吃……

老人退将后去坐到他的原位上，并且深深地叹了一口气。停了半天，向他的女儿问道：

——东西都吃完了么？

妇人并不立刻回答他，先叹了一口气。

——发工钱不是要明天么？……——妇人反问着，接着又是老人叹了一口气。

老人的初来时的精神完全消失了，他颓然地坐着，把一个头深深地埋在他的两臂中沉思着。

——那么你饿了好几天了罢？

等了半天，老人突然把头抬起了一下，高声地问起来。

——不，是从昨天起！……妇人的答话近于哀恳似地，音调间带着无限的伤感。这样下去，两人又继续地默然了许久。

长久的默然之后，老人突然站将起来，把他的手很快地伸向他的袋里去。经了半天的搜索，才从衣袋里摸出一个纸包来。一个报纸裹着的小小的方包裹。老人静静地，两手发着抖把包着的报纸撕开来，他的脸上的肌肉十分地紧张着，两眼虔诚地凝视着两手；妇人抬起了半身，惊奇地看着他做，他们都不说一句话。报纸撕了开来，里面包藏着两个芝麻烧饼。于是老人的脸上浮起了一层微笑，双手把烧饼捧着，跑向床前去。他机械地把烧饼授向妇人的手中，他却始终不说一句话，他只是微笑着，妇人莫名其妙地伸手把烧饼接过来，她不住地看着老人的颜面，终于她流下泪来了。

小孩子的哭声渐渐地镇静了，他在他母亲的怀里翻了一个身，向他母亲看着，母亲的泪珠，正滚滴在他的小颊上。妇人凝视了她的儿子一会，把一个烧饼送到他的小手里捏着，然后又抬起眼来看着她的父亲。

——这样一来，你却要饿肚了啊，爸爸！

——不会，我早就吃了点东西呢，这我本来是买给狗儿的……

妇人的眼泪干时，小孩也停止着哭声。双手捧着一个烧饼，塞进嘴里去。但他一点也没有咬着，只是把唾液涎流了一阵子。老人木偶般站在旁边看着，他不断地微笑着，妇人也静静地看了半天，才从孩子手里把烧饼夺下，咬下一小块在嘴里把来嚼细了，再送到孩子口里去。

孩子吃着烧饼，立刻笑起来了，他挥着双手，击着他母亲的胸脯。

妇人也微笑起来了，老人更可爱地笑着，脸上现出一点愉悦的光辉。他俯下身去，热情地吻着小孩的双颊，嘴里轻轻地说了一声：

——你这小狗仔！

接着老人狂笑起来，他笑得背更佝偻着，两手伏在膝上，半天喘不过气，他笑得太烈害了，咳呛了起来。

这一场欢喜继续了很长久，老人觉得有些疲倦了，退后去仍旧坐到他的凳上，他的笑容还不曾收敛。

饿了很久了的小孩子，不多一刻把整个饼通通吃完了。小孩吃饱后，喜欢地抓着他母亲的衣服扭着玩。妇人把一个未吃过的烧饼，很宝贵地向床旁的竹篮里藏起来。这时她突然把笑容收敛了，庄严地凝视着那孩子。

——这一个饼你吃了吧……

老人的脸色也变得庄重了，低声地说了这一句。

——留着罢，留着今夜再喂他，你看这孩子，他是很容易饿的！

你吃了罢，你也饿了……

——不要紧的，我不觉得什么……明天是发工钱的日子。

老人长叹了一声，一场喜剧就此终结了！

老人又继续坐了半天，他要起身走了。他先走向床前去，和孩子逗笑着，然后走去把门开了一半，回过头来向着妇人说：

——不要悲伤啊！我们守着罢，看这多么聪明的孩子，他总不会和我们一样的。守着罢，守着我们的将来罢，守着这孩子给我们的将来罢……不要悲伤啊，我们守着罢，看这多么聪明的孩子……

他回身把门带上的时候，给了她一付充满着希望的微笑。

Ⅰ之2

早晨的太阳已经升得高高了，阳光映射着屋顶上的积雪，把空间照耀得格外光亮，把一切都弄成了透明的结晶体似的。眼前更充满了喜悦。檐前聚鸣着成群的麻雀，间或落下几匹家鸽来，在空旷的泥泞地上找寻它们的食料。这看来倒好像是还和平，还温雅的地方。

今天是矿工们发工钱的日子。这一个美丽的早晨，替他们实在添了不少的兴趣。换班的汽笛声还响得没有多少时候，山谷间已经布满了快乐的歌声。

工钱领到得早一点的，他们都在转回家来了。他们把瓦斯灯挂在腰里，手里提着一布包东西，在泥泞的道上踯躅着。他们唱着粗俗得很的情歌，也有哼着几句断片的京调。他们一路上逗笑着，三三五五地缀满了四下的山麓。

在这里，谁都很喜悦，谁都很舒闲。简直不像是饿着肚子的人们啊！

渐渐地，矿夫们都络续地到来了，这蜂窝式的茅屋丛里，顿时热闹起来，小孩子嚷着要东西吃的时候，母亲们的答话也就和顺起来了；在这时，我们不时会听见妇女们爽利的回话声：

——等着你的爸爸呀，今天是发工钱的日子！

时候已经不早了，阿根和他的母亲才从睡梦中醒来。

阳光不会从他们的小窗洞中射进足够的光线，里面还是黑暗得很，她简直没有觉得现在已经是早晨了。因为多日来失眠的缘故，在早上她还是昏沉得很。待她听到外面的喧闹声后，她才想起来了：

——啊，今天是发工钱的日子！

于是她奋兴起来，她翻身坐在床上。

起先她沉思了一下，眼睛微茫地，又要闭合拢来了。被躺在她怀里的孩子挣动了一下，她才重新把半合的眼皮张大开来。她俯下头来看了看她的孩子，突然想起了似的，从床头上拿起那昨夜未曾吃完的半个烧饼来，她放到嘴里嚼细了，慢慢地喂着她的孩子。她不时地谛听着，她想她的丈夫该是回家的时候了！

屋外布满了喜悦，屋内充满了爱意。这真是一个有意义的日子啊！

在太阳光从篱壁的破隙中射进一点点零碎的光芒的时候，她的丈夫回来了。

他粗暴地，带着愉悦的豪爽，把门一手推了开来，到他走进了屋内，篱壁还在微微跳动。他进来了，脸上装得很庄严地看着她，但是他的不可抑止的喜悦，已经在他的眉宇间流露出来了。

他先把手里提着的酒壶和一大包的食物在桌子上放好了，跑回去把门和小窗打开。这样一来，屋里就觉得明亮得多了。那女人起先看着他做，她一句也不说，尽量遏抑着她的高兴。等到他把窗门都打开了，才忍不住开起口来：

——冷啊，今天比昨天冷得多呢！

——ch！关着却太暗啦！

妇人不说话了，她好奇地随着她的丈夫去支配，她仍然继续着把烧饼喂给小孩。

——唅，那来的烧饼呀？

——爸爸给的呢；昨夜爸爸来过了！

——他没有说什么？

——很使他担忧呢，他已经看出我们什么都没有了！

——不要担忧，今天可是什么都有啦，什么都有啦！

他走到桌子前来，把他带回来的布包解了开来。妇人把脖颈伸长着，惊奇地看着他。

——哈，你看……煎饼……牛筋……牛肺……咸菜……大葱……高粱……小米……酒……好啦，你瞧，你瞧，不是什么都有了么？……

妇人一句也不答，她笑着，她瞧着。但她立刻好像悲哀起来了，郑重地问他说：

——那么一共化了多少钱呢？

——不要急，难道这个不够吃三天么？

——但是再等到发工钱还得要五天呀！

——ch！又是你的空着急，这里还有钱呢！

妇人被他的粗暴的答话噤住了，坐在床上不出声。孩子把半个饼吃完了，开始活泼起来，伸出他的小手去抓着他母亲的脸，扭着他母亲的衣服。他扰动得异常厉害，竟使他的母亲不能安坐。

——睡下呵，真会吵！

男子正安排起他的酒菜来，给妇人的语声惊觉了，他走过去，一把将小孩抱起，送到他黝黑的嘴巴上亲吻。小孩被他的父亲从被里拖了出来，他昏茫了半天，抬起眼来看着他的父亲的粗暴的神情，他哭了。

——看啊，你总是这么粗心，看，看，他的裤子落下了，你要冻死他呢！

妇人很关心地，尖声地叫了起来。她伸出手去，想夺回这孩子。男子却并不立刻给她，他贪食地连吻着那孩子，他笑了，并且笑得如此地大声。

男子完全是兴奋的。他把孩子还给了他的妻后，他立刻跳到桌子前去，喝起他的酒来。

妇人等到把孩子哄得不哭了，她才抬起头来向她的丈夫说：

——给我一张煎饼呵！

啊，忘啦，你饿了二天了！你喝酒么？

她并不喝酒，她只吃了二张煎饼，半支葱，一点咸菜。吃完了，她重又睡下去，把身子紧紧地缩进破被里，两眼长久长久仰望着屋顶出神。

在屋外，喧腾着欢欣的热情，满处喧嚣着粗暴的笑骂。

矿工们在屋檐下谈笑着，诅咒着，叫骂着，妇女们在禁止男人喝酒，争吵和喧扰，形成了这周遭的给人兴奋的空气。间或有人走过这里，互相招呼一声，他们一变了平常的冷淡的，漠不相关的态度而热烈地融洽起来。他们的嘴里不住地哼着粗俗的小曲，把声调装得散佚而且淫荡。男子们和女子们调笑着，他们相互卖弄风情。

间或有一声妇女们的惊叫，是谁调笑得太放肆了；但是接着还是一阵高兴的狂嚣。

在这个屋子的里面，也不是完全像是死寂的。男的狂饮着白干，女的戏弄着孩子。在高兴的时候，夫妇俩相对着微笑了；他们确实已经遗忘了昨天的绝食给他们的苦痛。

有个矿夫从他们的茅檐下经过，探着头向里面张望了一下，提高噪音向他们喊一声：

——老陈啊，你喝酒呀！

女的连忙从床上抬起头来注目一下，男的立刻站起来，跑向门外去，站在门口和他们搭讪起来。

——唅，你呢，你喝了几两酒？

——我么？我还没有买呢！

——啊，我告诉你，丁顺记的酒不好，你得到老森泰去沽……

——现在的酒里都冲着火酒呢！

——唅，还有老森泰里的牛肺很便宜，你来尝我一块……

——算了，我还有高粱没有磨呢！

——你不能去买几张现成煎饼吗？

他们这样搭讪下去，没有尽头的时候。并且渐渐地人聚得多起来了，他们谈话的资料也渐渐加多起来。他们谈着家常，谈着天气，谈着过去，谈着未来……

顿时这个地方热闹起来，他们自己都没有想到讲谈点什么。

有时矿夫们在言语间发生了冲突，他们黝黑的脸上，涨起了满面的青筋，在很平常的砥触中，都会使他们扭打起来。

于是四围集着许多喝醉了酒的矿夫们，他们大笑着，狂呼着，把空气激涨得热烈，兴奋。他们把小石子掷他们，他们鼓励他们的勇气，他们决不曾想到给他们排解一下。

妇女和孩子们的手里都捏着一大卷裹着咸菜的煎饼，立在远一点的地方呐喊助威。

一场喜剧还没有结局，别的地方又起来了，于是人群的中心移到那边去，骚扰的声音也跟着跑向远去了。

老陈退回到他自己的屋里来，继续喝他的白干，他狂笑着，接连饮干了好几杯。

在他的门外，还逗留着几个人，他们相互谈论着某人的力气来得大，某人的手段来得高强。

酒喝得太多了，老陈带了一点微醺。他醉眼迷朦地把凳子更搬近门框去，他的脸上涨得通红。

这时，他的脸上浮泛起一层微笑来，把两眼向着高高的天空。

屋外的冷风吹着他，使他微醺的两眼感到一点刺激而昏花起来。他的头开始觉得晕眩，他看见目前的一切景物都像移动了原位，并且以他为中心而转动起来。他醉了，他的耳膜中发着混杂的骚扰声，他的听觉也就模糊起来。

从他的醉眼中，看出了这里的一个世界，这个世界是依然如故；这个世界还很和平，还很幽雅；这个世界虽然不甚可爱，但也还过得去。因为这里还有微笑，还有生机。

所以他微笑了，他摇摆着他的头，把他的外衣的钮扣解了开来。

太阳渐渐由天空的中心移向西边去了，射下来的光线正照在他的脸上，他抬起头来向着太阳，他又无端地微笑了。

他又把头略偏过来，从茅屋的顶上望向远处去，他看见了煤矿工场里的崇高的大烟突，和一直伸向天上的升降机的大铁架。这些东西都在他那被阳光刺激着的目光中闪耀，幌荡，他又微笑了。

一切对于他都是很熟悉，很可爱。他笑着，他爱这些。

——啊，这些东西，这里的一切一切哪，我们都是老朋友了。我们一起头就相伴着；不是么，我是陪伴着你们从我一生下来直到现在了。

他这样想着，就笑起来了！

从他的对面，走来了一个矿夫，老陈向他直喊起来：

——哈，老沈，你的眼泪还没有哭干么？哈……你看，你的一个儿子倒还不过这么大，但是你为他掉的眼泪已经不止这一点了啊！……哈，老沈，你喝了几两酒？……丁顺记的酒不好，老森泰的好啊！

——你喝你的罢，你这醉鬼！

——死了儿子又有什么呢，难道这也值得和人家相打么！我们这里统算每天有人死的呢！

——死你的爹，死你！

——哈，东西，你的眼泪还没有哭完！

他只是兴奋地狂笑，他和每个来住的人们搭讪着，调笑着。他的老婆在床上睡着了。

等到他的老婆从睡梦中听着他和人家斗口时，才把他唤了进来，他还是喜欢得像个小孩子！

时候已经不早了，残冬的午后是很容易暗黑下来的。他拿出几张煎饼来，分给他的老婆和孩子，他自己坐在桌子前面，大吃起晚餐来。

他们的晚餐很简单，只有几张高粱煎饼和一块咸菜，二支大葱，几只干辣蕉。他把葱和咸菜卷在煎饼里咬着吃。他把他的两眼抬起来向着屋顶时，他觉得很舒服，很安闲，他又无端地笑了。

又到上工的时候了，他似乎还没觉得，他仍然这样兴奋着，逢人调笑着，直到屋外的泥路上挤满了上工去的矿夫们，他才想到预备着动身。

他把衣服的钮子扣上，把瓦斯灯的灯嘴通了通，装上了电石，灌上了水。当他要动身走路的时候，他又跑回到床前去，伸手把他孩子拉着：

——来，爸爸抱罢！

孩子不睬他，把一个头偎贴着他母亲的前胸。

——你这小狗仔！

他伸起两臂，从他老婆手里把孩子夺过来，紧紧地把来抱着，贪食地吻着他的小脸。

孩子不高兴起来，又哭了。

起先他还摇动着这孩子，竭力哄骗着，但是孩子的哭声更厉害了！

他叹了一口气，把孩子掷还给他的老婆。他返过身来，立在床的前面，两眼钉着这孩子，他又长长地叹了一口气！

——上工去罢，是时候了，你看，你又把他弄哭啦！

妇人起初还责备着他，但她立刻把口气改得平和了，带着微笑说：

——上工去罢，是时候了！

他这才转过身去，提起瓦斯灯来点上了火。但他立刻又踌躇起来，他把瓦斯灯又放下了。

——啊，今天不去啦，明天打个联班罢！

妇人不说话，她惊奇地瞪视他，带着询问的神气，长久看着他。

他仍然是踌躇着，他低着头思索起来，显然是他的内心的苦闷骚扰着他，使他无所适从起来。

终于他悲苦地诉说起来：

——这样的刑罚，我总是受够了。难道我必得每天这样做下去么？

但是他已把瓦斯灯提在手里了，并且挟起一布包的高粱煎饼。当他要走出门去的时候，他回过脸来向着他的老婆和孩子。

这一回，他的孩子向他笑了一笑，把个小脸贴着母亲的胸脯。

孩子的迷人的笑脸，使他又停止了脚步，他笑了起来，妇人也微笑了。

——汽笛快响了呢！……你看，看这聪明的孩子，昨天爸爸说：我们守着吧，这聪明的孩子，他总不会和我们一样了。守着罢，守着我们的将来罢……哈，看这多么聪明的孩子啊！……

夫妻俩都满意地微笑着，当男子提着瓦斯灯走出了门限，把门带关时，她的眼泪滴下来了，她久久地呆看着那扇未关闭的窗子。

这时周遭又热闹起来。由远处送过来一阵阵炭矿夫的散佚的歌声。在近处，更骚扰着妇女与孩子们的吵闹声，调笑声。

孩子的双手抓着她的奶峰，她的两眼瞪视着前面，漠然地很久没有动……

Ⅱ之1

——太兴奋了啊！老头儿。

——一个年纪比较轻一点的火夫，这时正坐在煤堆旁的一根铁杠上，向着老人微笑地点着头说。接着，老人也笑了起来。他把手里拿着的一铁铲煤块都洒落了。老人重新俯下身子去，更多地铲了一铲煤块，用力送进炉门去，他看看炉火给煤块一压，低抑了一下，立刻又旺将起来，他愈加喜欢得厉害。他把身子斜倚在铁铲的木柄上，竟大笑起来。他好像不觉得那融融的炭火的焦灼了。

——当然，这是喜欢的日子啊！

一个人的喜怒，常有牵引旁人的力量，那个年纪较轻一点的火夫也接着兴奋起来了。他静静地站将起来，伸起赤裸着的两膊去夺老人的铁铲。

——我来吧，老头儿，你到外面吹吹风去。

——为什么呢？……

老人回头去坐到铁杠上，他的赤裸着的上半身，显示着过分紧张的筋肉在颤动，他的肌肤是过分的焦黑，突出在外面的大半是骨骼的轮廓。从炉门内发出来的炭火的烈炎，映红了他的肌肤，百四十度以上的温度刺激着他，他微笑着，炉门内不绝地发出几声煤块爆裂的声音，机器房里送过来阵阵机轮的奔吼，和升降机上下时不断的辘辘。这些并不会吵扰他们的清谈，他不时站起来向炉门内添些煤块，谈着家常。

——我告诉你，老朋友，明天是我外孙的周岁！你要晓得，这是怎么样聪明的孩子……听着，老朋友，我有一个外孙——这是谁都知道了的——他明天周岁。但是你决不能想到他是怎么样可爱的……是的，他是一个可爱的小孩……他是不避生人的，他看见什么人都笑，什么人都可以抱他……老朋友。他是一个可爱的小孩……

他们相互对视着，相互地笑起来。他们欢喜得像一对可爱的顽童，在灼热的炉火旁边，像谈着无稽的仙人故事似的，他们入了忘我的境地。

老人站了一刻，把铁铲向煤堆上一丢，过去坐到他的同事的身旁，接着又说下去：

——我送了一样礼物……你知道么！礼物应该要实用一点……你猜，我送的是什么？

两人对视一下，微笑了一次，那个人始终沉默着。

——是么，你不知道？

老人愈加奋兴，接续下去：

——我送了五斤面粉，一斤精肉……明天就可以动手做包子吃……老朋友，你有几个月不吃包子了？……明天，明天我请你，你可以去做个客人，不？……去罢！明天是我的外孙的周岁，为什么我不能请你呢？

——你明天早一点起身罢，我们可以热闹一天……并且你可以看看这孩子，他真是一个聪明，伶俐……他真是一个惹人爱的孩子啊！

——不信？我不会骗你的……只要你一见他的面——虽则他

有些黄瘦；这是他的母亲没有多少乳的缘故——那你一定会惊奇的。你不要说"小鸡窠里不出凤凰"，要晓得这孩子决不会像我们一样过下去的，他……他总会弄得好些的……

那个火夫对着老人很可爱地报答了一个微笑，站将起来，走近炉门去，提起铁铲来铲了一大堆煤块送进炉门去，并且把风箱上的螺丝扭开，放了许多空气进去。把炉火煽得旺旺的，那时汽表上的红针跳跃了一下，升高了几度。他很熟练地把汽缸察看一下，扳开热气管的活塞，放出一些过剩的热气来。于是满空中充塞着汽力冲出铁管的尖声，一阵浓重的白烟向黑空中激射。

老人有些发怒了，走将过去把炉门关紧，又把热气管塞住。

当他回过来重新坐下的时候，他又笑了起来。他滔滔不绝地反复着，他把他想到的话重复了好几回。

——五斤面粉，一斤肉，这不算是少了罢。我们可以添上些油菜……最好是白菜……这不是很少的礼物！我为了这个，我节省了一个月了……这当然不算是一回难事。我可以一天吃一顿饭，一连三天。譬如说，三天省下三顿，三顿只少有二斤煎饼。而且这并不难，这因为不是没得吃……没有钱买饼吃，这样的饿才难受……

——太兴奋了，老朋友！你去息息罢。

老人站起来。在一只油黑的瓦器中倒了一杯白水，一口气把来吞了下去。他察看了一下汽表的度数。这时他的赤裸着的上体被炉火熏得通红，全身像火球一般地发热；刚才喝了一杯水，汗珠就像雨点般从皮肤孔中泛溢出来。

他的两眼也红晕起来，一直到他的颧骨下面，脖颈以下一段，正发着青紫色。他的白眼珠几乎变成了红色的，瞳人失神地呆定着，凝视的时候半天不会转动。

但他还是兴奋着，还在谈论他的外孙。

另外那一个火夫有些厌恶他了，在他的旁边坐着，半天不和他交谈。老人还是没有觉得，他还在喃喃自语，他在打算着明天怎么摆排场，请些什么样的客人。

炉子里的煤炭给他们添得太多了，火势不绝地增大，这一间铁壁的小屋中的热度也随着增高，因此凡是铁质的东西都发着奇烫。老人有些受不住这猛烈的煎熬了，他走向门框去站着。门外是沉黑的深夜，一根高大的烟突竖在门口，好像撑天的大柱。

——我可以休息一下罢，老朋友？

他说着，披上了一件夹衣，跨向门外去。

外面没有一个行人，天上也不见有星星。密接着的厂房，笼罩在浓厚的烟雾里发着青灰色。他从亮处出来，突然走到了暗地里，他的两眼昏花着，眼前幻现着无数金色的光轮。厂房的暗影在浓烟里浮动，不散的烟丝绕着房屋蒸腾，从参差不齐的铁柱间，厚厚的不甚透明的玻璃窗里透出无数暗红色的灯光，在老人的昏花的眼底闪烁着，厂房背后的一带杂渣堆上，有几个工人的黑影，推着运煤车从轻便铁道上走动。老人从厂房的旁面转过，走向围子外去。一路上他没有碰到什么人，有时从煤堆后面闪过一团黑影，他高声喊起来！

——碰鬼！偷煤的贼！

老人静静地向前走去，天空中荡动着砭骨的朔风，风势虽则并不厉害，但是北地的冬天，就这样也已经够使穷人们受苦的了。

在近围子的练煤场上，烧着一堆堆的炭火。一些练煤工人，都围聚在火堆旁烤他们冻僵了的手指。

他们笑闹着，推挤着，围着火堆在打架。

老人在遥远处就笑将起来了，他的从鼻管里哼出来的笑声，和着他的咳呛声咽哑在冷冷的朔风中震颤。他自己觉察出他的声音有些凄凉，想把他的孤独感调节一下，于是转过方向去，向着这一堆烤火的工友们。

在走近他们的时候，他唤了起来：

——快活啊，朋友们！

他们还是继续他们的欢娱，有几个人仅仅抬出头来看了他一眼。

老人再走近一些，在离炭火稍远的地方的一块木桩上坐了，很有兴味地看着他们。

四下里沉黑得可怕，四旁堆积着山一般的煤堆。他们就坐在一堆煤屑堆的后面，因为在这里可以避风些。

老人在那里坐得很久，他找不出和他们说话的机会，虽则他曾经好几回提起勇气来想插进去和他们谈些关于他外孙的事。当他们的笑闹暂停着的时候，他认为这是机会了。他就立刻警觉了一下，留心着不要失去了这个时机。于是他把身子向前伸出些，先咳了一声嗽，笑了一笑：

——听我说，兄弟们……

但总还是不中用，人家还是不要听他的话。他们仅仅沉寂了一下，立刻又回复到他们的笑闹中去了。

这样的机会他足足失掉五六次，他总没有办法来使人家的注意力集中到他身上。

末了，他从木桩上站了起来，向他们再走近一点，和他们一起坐到炭火的近旁，他再等着他的机会。他应和着他们一同高声地大笑。粗暴地狂啸。

但总没有用，他简直没有方法把他们的注意力引起来。

——听我说，兄弟们……

他的话刚说得半句，他们又为别的事情在狂啸了。

他在那里坐了一刻，他觉得皮肤愈加灼热起来，在炭火的旁边终于坐不住了，他重新站将起来。

——多么快活啊，兄弟们……

无论他怎样说话，他还是引不起他们的注意。终于，他走了。

他沿着铁道向北走去，他走向这群聚的茅草棚丛中去。

他的皮肤还是发着热，颜色几乎是深紫的。虽则他仅仅穿着一件夹衣，他却一点也不觉得寒冷。从他对面吹来的朔风，便他感到凉爽而且温柔。

这里本来是短短的路程，他费不了多少的功夫，已经走近了那里。

那里沉黑得很，远处的厂房前的几盏路灯的淡淡的光辉之外，这里没有一盏灯火，没有一点声息。但他好像没有觉察到这是深夜似的，仍然摸索着前去，他摸索着走进了这条狭隘的小巷。

等他一走进巷弄，眼前更加沉黑了，几乎看不见他伸在眼前的手指。

他还是迂回着前进，用他的记忆力去挨户找寻。

等他走到了他所找寻的目的地，他站住了。

他张大了两眼，先向四围溜视一过，再伸出手来摸着芦壁，摸着板门。

一点也没有动静，一点也没有声息。

然后，他再轻轻地，敏捷地，把耳朵贴着窗口，来探听里面的消息。

还是没有听见什么，只有几声微弱的鼾声，但是太低微了。

老人听了半天，他还不走，只是退回了几步，站在巷弄的中央。

他笑了。

他在那里构思起来。他想：阿根绻缩着，睡着在他母亲的怀里，或则……他正衔着他母亲的乳头。

——这是一定的，我不必亲眼过目。

当他想到走回去的时候，他重新把耳朵贴向板门去。他轻轻地向着里面说：

——睡得好些，乖乖！

——明天是你的周岁，这是很快的呵，阿根，我的乖！要不了几年，你就会长大的，孩子，你长大了，我们可以休息休息。

——将来，呵，我们的将来啊，我在守着。乖乖，你将来可以……

他在那里幻想了很长的一大套。他为这孩子设想了很多的计划。

终于没有多余的时间供他幻想，他带着漠然的欣喜而走回去。他走回去时不像出来时走得那样慢；道并不是一度的休息给他的兴奋，这是他自己的幻梦所给与他的活力，他一路上兴致勃然地摇摆着他的头，挥起他的两臂，有时简直想要哼出几句京调来了。

他在这深奥的夜幕里看着沉黑的工场，在他的直觉上只少感到一度严肃的震惊，但他并不是有所感触：看他，他笑起来了。他以为这里的一切是这样的平常，他的一生是早就注定了的。他没有其他的要求，他想像这样子倒也算过了一辈子了。

到他走回到工场时，他的头开始感到昏眩起来，而且突然的疲倦困顿着他。他的浑身如火烧般在发热。于是他走到靠墙处去，两臂扶着铁皮包裹的墙壁向前走。几次使他走不动路了，头郑重地压着他，他昏花的老眼看见这世界正在转动。他把他身上的夹衣脱下来，把赤裸的背心贴着冰冷的铁壁。这样他觉得爽快了一些。

他知道，他自己是病了！

从一百五六十度的空气中出来，就跑向零度以下的冷风中去纳凉，这对于他的身体当然有极大的损害。但他还没有觉得他的病态的危险，他还挨延着要走回他的火炉间去。

在他回到火炉间之前，他先到附近的一间矿夫的浴室里，用冰冷的自来水把全身淋了一下。冷水淋过了，他觉得爽快一些。但是火炉间里的高度的闷热，使他在入门处站住了，并且由于一阵猛烈的头晕，他怔住了。

——怎么哩，你？

另外一个火夫把撬煤的铁铲向煤堆上一丢，向老人走了过来。老人的脸泛着青紫的颜色，他的全身在震颤，他的一件破夹袄还挂在他的肩膀上，头发上正滴着他未曾擦干的水滴。

半天以后，老人把半合的眼睛张大开来，他颤动了一下，他肩膀上挂着的那件夹袄滑落了下来，那一个火夫把他扶着，让他坐到一堆煤屑上。

老人茫然地环顾了一下，他的双目显然是表露着很厉害的肉体上的痛苦，但他还拼命想要微笑起来，他竭力要把他自己装得泰然些。

火炉的门开着，里面燃烧着炽热的火炎。他凝视着，他还想要站立起来。

——给我，我们的铁铲……

——我们应该加些煤块进去……这是要不断地燃烧着的……出力一点罢，老朋友……

——做工，出力一点做工！……我们且出力一点，在现在……

——并且我们要等着，等着我们的孩子们……

——记好啊，明天是我的外孙的周岁……

他说话是近于呓语似的，他是再没有多大的作为了，他只多只能把身子震颤一下。

最后，他向煤屑堆上倒下去，他已经是没有用了。

然而，他还要想微笑……

Ⅱ之2

暴风雨的夏夜。山谷间咆哮着震天地的响雷，从远处的山头上，不住地闪烁着耀目的电闪。雨像从天上倒下似的奔流着，低洼的地方泛溢着从山顶上奔下来的雨水。人都躲避到屋内去了。

西山麓下的那一丛茅草房，都像满浸在洪水中了。上面是倾泻下来的粗而且密的雨点，雨点不住地从屋顶的破隙中漏下来，使得屋内没有一个可以够躲雨的地方，芦壁被大雨浸润的全湿了，雨水从屋顶上延着它流下来，简直像山谷里的瀑布。地下是厚厚的积水，把一切东西都浸在水里了。外面的雨似乎没有止息的时候，弄得穷人们没有一小块干燥的地方可以避雨。

夜已经深了，四下里沉黑得怕人。除了急雨的奔骤声外，连机器的声音都不听见一点。

阿根和他的母亲正绻缩在家里的屋隅，他们已经把床上的被褥卷了起来，把来堆叠在漏不到雨的地方。屋子里点不住一盏火，因为户外的狂飙不绝地从破壁中吹来，弄熄灭了他们的油灯。

母子两个简直像绻缩在山洞里的猴子，他们过着非人间的生活。在他们的周遭，雨水直淌下来，间或还滴到他们的头上或是身上来。他们的脚还浸在水里，在他们的全屋中，弄得没有一块干燥一点的地方了。他们互相依靠着坐，长久长久没有一句话说，天空中不住地耀烁着电闪，不息地响着雷鸣。突然一线刺目的银色的光波从窗隙中射进来，他们抖悚了一下，小孩子立刻掩着他的两耳，妇人轻轻地念一句谒语：

——南无阿弥陀佛，不知不罪。

暴风雨简直没有止息的辰光，他们坐在一条狭狭的板凳上，连瞌睡都不能。小孩子已经疲倦了，他倒在他母亲的怀里，有几回迷朦起来，但立刻又被雷声惊醒了。

——什么时候雨会停了呢，妈妈？

——立刻……不再会下一整晚的了，乖乖。

雨总这样不停地下着，四下里奔腾着从山坡上流泻下来的积水。

——是怎么样的预兆……好多年没有这样的雨了！

母子俩没有合式的话可以讲。每当一个雷吼声把孩子从朦胧中惊醒时，就要问一声：

——什么时候雨会停止了呢？

母亲弄得没有话回答了。两人持续着这死一样的幽默，在这里太可怕了，而且我们也过分地疲倦了。

时候还不过是在半夜里，他们已经焦急起来，他们急于要等候白天的到来，他们想白天总能安定一点了。但是对于白天，他们还是没有什么把握呵。

——爸爸该回来了罢？

小孩子想了半天，突然问起他的爸爸来。

——等着，等着到天亮的时候。

——什么时候天亮呢？

——你等着罢，等到天上放光。明天是你的外祖父的生祭，明天我们还要买肉……等着，明天吃包子。

孩子感到了兴味，他奋兴起来，把两眼张得圆圆地凝视他的母亲；等电光一闪的时候，他看见他的母亲也正在看着他。

——外祖父是很爱你的，阿根！他死了已经六年啦……他最喜欢吃包子，但是他一生中仅仅吃到过一回。明天我们一定做包子，我们把包子来祭外祖父！

——外祖父怎样的呢？

——他是一个好人，他很喜欢尔……你是记不得了，你吃了他很多的东西。而且他常常夸奖你，他说你很聪明，他说你很能干……乘乘，将来你不要忘记了他……他是一个好人！

——什么时候天亮呢？

——快哩，乖乖！

母子俩的对话说到无聊的时候，就闭着眼睛假眯一回，忽然被一个雷声惊醒了，再接着谈几句关于外祖父的话和对于未来的希望。

就这样，到也安分地把一个长夜挨过了大半个。

在半夜里，暴雨曾经停止过一刻，但是将近黎明时，突然又雷电交加，雨比上半夜下得愈加厉害了。

母亲在焦虑着。她看见被褥已经打湿了，家具通通浸在水里；她要打算明天的食宿。小孩子却在渴望着明天的来到，黎明时候他的爸爸回家。明天是外祖父的生祭，他可以有好一点的东西吃；有肉，有包子。

他们在一样的朦胧中思索着他们各的心事。雨不像是要停止的样子；从烂泥地里发出来的闷人的霉腐气触鼻欲呕。一夜来的不眠，眼睛都发着红，头郑重而疼痛。屋内漆黑，四野幽静，只有单调的骤雨声，使愁人感到不快。

长久的幽默中，突然——一阵骚扰的轰闹声打破了四野的沉寂。

——呀，怎的？

——放工哩，妈！

这不是每天所习闻的放工的声音，这里没有歌声，也没有高兴的呼啸。这里所听见的只是一片杂乱的混淆，嘶声的呼号。而且时间也没有到放工的钟点呢。

妇人带着侦察的心情留心听着。这声音渐渐地猛烈起来，渐渐地向这方而近来。孩子也听出这不是放工的声音了，他扑到他母亲的怀里去伏着，他已经预感到所发生的不是一件平凡的事件。

轰闹的声音愈加迫切了，终于是整个炭矿工场骚动了起来，并且在近处送了一阵妇人的号哭声来。于是母子两人都震惊起来，立地从凳上站起，妇人急忙地冲出去，站到茅屋的门口，小孩子跟在她后面。

在屋外，空气已经非常紧张了，在各家的门口，已经站着很多的人们。他们都在雨里站着，都带着热情的惊叹声在观望着。这里母子两人畏缩地骑着门框站着，他们长久没有观察出这是什么一回事。

在过分沉黑了的夜里，简直看不出什么来，只有借电闪的刹那的光芒，看见那里有人。经过了长久的注意，那妇人才知道阿森正站在她对面的门槛下。

——什么事呀，阿森？……倒了支柱？……炸死了人，……什么事呀，在这样大的雨里？

——听着！或则是倒了大架子。接着是一片沉默，在这里的人都不说一句话，都在谛听着远处的轰闹。

轰闹声过于混乱了，一点也听不出什么来。但是这里的空气，因了这一度的沉默而变得恐怖起来。母子俩紧紧地靠着门框，微微觉得有些抖悚。

报告消息的来了，在这漆黑的夜里，看不见人在那里，只听见有个人在大雨里奔跑着，他从远处呼号着走来。

——枪毙了人哩，枪毙了人哩！……

在奔来的人的吆呼声里，站在门口的人们都震惊起来，同声喊起来。

——嗳！……

在这一个情景之下，谁都紧张了起来。多少人都放下了旁观的漠然而骚动起来，人们都从屋角里或门框边跑向街上来。虽则雨像瀑布一样从天顶上倾倒下来，他们都像没有觉得。

——谁呀，枪毙了谁？

——怎样啊？是什么一回事？

一阵同时的，带着一点惊惧的颤声的询问声，愈加闹得混乱起来。

母子俩也跑向街心去，挤向热闹一点的人群中来。妇人似乎听见一句说：

——老陈也枪毙了！

她不能断定就是她的丈夫，但她感觉到一阵恐惧，从脚跟升到她的头顶。她右手紧紧挽着她的孩子，她跟在人群的里面骚动起来。——在人群里简直摸不着头脑，又其是沉黑得异常，她找不着一个人可以向他询问一声。

雨对于他们似乎没有半点应响，虽则他们的衣服都淋得湿透，脚都浸在水里；但是他们的暴躁的喧闹把什么事都放到脑后去了。他们继续着他们的骚闹，呼啸，他们正在同一的茫然中混乱着。一瞬的电闪打过来，映着他们，他们看见这里拥挤得很密切的一大集团。电光映在人们的脸上，都被蒙上了一层淡青色的光耀。谁都辨别不出什么来，太快了的电光，不能给与他们凝眸的机会。

妇人愈加感觉到焦躁起来，她更用力地向人群中乱挤，随便拉着个人就问一声：

——枪毙了谁啊！

别人和她同样地是不知道。被她问着的都掉过头去避开一点，或则直截地回她说：

——我也不知道啊！

她在那里乱挤着，到处和人们碰住了，找不出一条出路。有些人戴着一顶大笠，帽边上挂下来的雨水常常泻了她一头，她没有头绪了，只好挤在里面乱攒。

在西山的前面一方空地上，送过来一阵阵矿夫群众的叫嚣。在那里也不见一盏火光，只有相近工场的大道上，闪烁着一点点零碎的电灯的光芒。

人众愈加聚集得紧密起来，简直把一条狭狭的巷弄挤得没有空隙了。

他们的身上都已全身湿透，这样大的骤雨，好像整个天空是一片汪洋，人们都整个儿地浸在这海水的深处。但他们没有去留意到雨水，他们都被恐怖所镇慑着，他们的胸腔里燃烧着热火。

在人群的那一面，似乎在骚动起来了，群众慢慢地一个紧跟着一个向前移动了。不知道是为了什么一回事，群众都跟着向前移动，他们密挤着，几乎后边的人的鼻子要碰到前面那人背脊。

他们波动着向前，在不平整的山道上走着，积雨太多了，常常使他们滑跌下来。

一行人经过了西山的北麓，朝西山的前面去，走到大道上了，在那里疏落地挂着几盏街灯。但是也没有什么用，街灯没有给他们多大的光明，他们还是在水里滑跌着，波动着。

母子两人紧紧地捏住手走着，他俩紧紧的跟着前面的人，他们是在群众的中间。

——什么事啊？

——用枪打死了人！

——为了什么打死的？

——为了加薪。

——枪毙了些什么人呢？

——当然是代表啊！

——谁呀？

——去看！

——怎么的呢？

——夜班全体罢工。

他们的谈话大多是这一类的。

她也挤向说话的人们中间去，等了半天，她大声地问：

——打死了些什么人呢？哙！

——鬼知道打死的是谁！

终于还得不着一点消息，她烦闷到了极点。在这一个集团中，似乎都带有点这同样的烦闷。他们都在恐怖着，或则是父亲，儿子，丈夫，兄弟……这一回或许被打死了。

雨永远不像会有停止的时候，他们的走路也不像有停止的时候。

走完了这条大道快进工场去了。就在这斜坡形的山麓上，看见在远处闪烁着一盏红灯。这是一盏红色的点火油的船灯，每当暴风雨的晚上，电石灯不能点燃，来富叔就要拿出着照路了。

——看啊，来富叔的红灯。

——他们也在来了！

——来富叔的红灯着实有点用处。

于是一行人认定了红灯的目标向前去。他爬过了一道堤岸，在工场的入门口，两群人众会着了，立刻他们聚到一块儿，并且攒集拢来。

在最前头，一盏红灯荡漾在人头的上面，举灯的人不住地把来招展着。

两群人众会集到一起的时候，起了一阵琐碎的对话。

——怎么哩？

——我们开过了会！

——怎样？

他妈的！混他们一下再说。

——哦？

——打他妈的一场落花流水。

——怎么的？

——管他们是怎的！

——枪毙了谁？

知道枪毙了他们的爷爷，枪毙了他们的祖宗！

红灯不住地在招展，一行人跟着向前波动。他们在黑暗中，在暴风雨里，他们无忌惮地冲向前去。

立刻，四下里的电灯通通熄灭了。虽然电灯的熄灭于他们没有什么关系，但是他们却都同声地欢呼起来：

——电气工人也罢工了啦！

——哈！

这一阵叫嚣给与了他们不少的勇气，他们一点没有踌躇地向前去。

母子俩被他们卷在垓心里，几乎是被推动着在向前。妇人的鞋子被水浸透了后，紧紧地包着她的两足，使她的足发痛。走在不平整的路上，东倒西歪简直要睡倒了；幸亏旁边有个人把她搀扶住了，她还能勉力走去。虽则这样，但她一点也不畏缩地紧紧地跟着前面的人。

——是阿陈嫂？

半天以后，扶着她走的那人才觉得是她。

——你是谁呀？

——阿陈哥也死在内呀！

——是么？

——也死在内！

妇人始而一怔，身子倒下去，幸而被搀扶着她的那人撑住，没有跌到地上。但是立刻又被后面的群众推挤，她又随着向前去了。

III之1

罢工一直延长下去，好像不再会有开工的时候了。全个儿的煤矿工场简直成了一坐荒山。这样的机器房啊，高高的烟突

037

啊，升降机的橹啊……这些都似雪后的枯杨，没有半点生气。这里整日夜寂静得很，我们不再会听见按时候的气笛的鸣声，升降机上下时铁索的抽搐声，运炭电车的奔腾声，机器房里的轧轧声了……也没有上工下工时成群的煤矿工人在山道上的欢欣的歌唱，酒铺子里更冷落到无人去顾问。就是工场四围的几座杂渣堆，因为没有烧剩的煤渣倒上去，再不会冒出闷人的硫磺味的浓烟了。

在那里，一切都是死了，我们再不能想像到这是怎样完备的一个煤矿工场，现这它简直是挖完了煤层了的煤矿废墟。

道时矿坑里已经充满了水，坑道里遗留着的排水机器及运煤的工具，预料它们是早就在里面腐蚀了。

煤矿公司的总办以及理事会诸公整日在叹着气。他们眼看着这煤矿一天一糟塌下去，若再这样接续着的话，那不久定会倒闭了，而且以后要恢复旧有的规模，也决不是容易办到的事情。

七千多个罢工工人，总还有五千多个仍旧留在那里，他们不但没有到旁处去的旅费，简直连食粮也已断了多时了。

在这里简直没有一个快活的人，除了工场以外的农人们还照旧耕着他们硗瘠的山地，在九月的阳光下唱着他们闲散的村歌。

矿夫们每日在诅咒，每日在发疯似的骂人，几个人结到一起时，常常相对着叹口气，或则大声叫了起来。

——天哪，想不到竟会坏到这步田地了——怎样过？复工的日子还是遥遥无期！

一部份工人都把这回罢工事件委之于命运，他们成天在叫着天哪，除此以外就不知道还有其他的办法。他们一天到晚蠢动着，找不着一条出路；他们成天的打算的，只是怎样能够充满这饥饿的肚子。有时他们会憧憬到未来，构成些将来的逸乐的幻梦，然而他们的大部份是在怨望着，因为未罢工以前他们倒还不至于饿死！

他们的另一部份工人呢，正把这一件事当得非常地严重，甚至严重到过分的程度。但是经过了长时期的坚持以后，他们已经弄得束手无策了，所以他们也常常叹气，发怒，虽则他们始终继续着办理下去。

有些老年的矿夫们，那简直是发了疯了。他们到处找人相骂，无理取闹，把年轻人骂得一钱不值。

妇孺们更不用说了，他们始终不知道这是怎样一回事，他们只知道诅咒人家说：这是根本做差了的。

其实他们倒还并不为了这样的事情无谓的争斗，他们第一紧要的争论点是怎么样能够立刻复工。现在劳资两方面已经没有接触的机会，公司方面不再派人来谈判复工事件，工人方面的代表更无从去接见公司方面负责的人员，因为一些重要的职员都已离开了矿山到别处去了。

事情显然是到了不可收拾的地步，假使再把罢工时期延长下去，那只有共同饿死。这里没有田地供给他们种，更没有足额的食粮生产，能供给这五千多个工人果腹，外面的救济，因为时候太长久了的缘故，也断绝了。这时候，矿夫们简直已经到了必死的境地，终于没有解决的办法。目前的东西都已吃完了，就是野草也吃抢嚼得精光了。

矿夫们个个都愁叹着，就是罢工维持委员们也觉得棘手了，他们也整天相对着叹气，或是无话可说。

眼看着事情是决裂了，矿工们已经不再信任罢工维持委员了。等到召集开会的时候，工人们都在家里躲着，或者跑去故意地捣乱一下，结果还是没有头绪。

经过了长久的讨论，罢工维持委员会只有再行召集大会来商议办法。

这一天布置得很周到，他们预先把炉灶生了火。到下午一点钟光景，汽笛骤然地大吼起来，大家因为多少时候不听见汽笛鸣声了，所以觉得这一次的汽笛，格外富有吸引力。在汽笛的声音还没有停止的时候，成千的矿工们都从山道上走集拢来，把工场里的隙地通同排列得水泄不通了。

就在第一坑的机房前面那地方上，把运煤车堆集起来架成一支演说台，就在这演说台旁，矿夫们挤得没有一点空位。

汽笛延长了二个钟头不曾停止，一直到现在还在吼着，背后一个大烟突里冒着浓重的黑烟，机器带着皮带盘空转着。

顿时又热闹起来，好像是复工了。

不仅是这样，一切的仪式布置得都很庄皇，这有点像在举行一次伟大的典礼，人们都从远处奔了来参观。他们听见煤矿工场的汽笛重新叫了起来，这真有些出乎意料的欢欣。据一般人的揣想：这一次是复工了。

山道上重新奔走起结队的矿夫们，随处能听见人们的响声了。这在九月里的太阳下，看来像是初春的气象。

五千余的群众聚在一块儿，他们都伸长着脖颈仰望着，一同在希望着得到一个好消息。起先都很可以保守着秩序，大部份坐在地下，好像平常等待发工钱的时候一样。

罢工维持委员们，在这时候愈加忙碌，他们喘着气在周围奔波着，他们要想一个好一点的办法来把现状维持下去，并且还要激励工友们去奋斗，在工友们集合拢来后，他们还在商量着演说的辞句。

虽则时间并没有浪费了多少，但是工友们着起急来，因为他们过于热中着去听那希望中的好消息的缘故，这无谓的延搁时间，总不免使他们懊丧，有几个顽皮的工人，竟做出种种扰乱秩序的举动来；渐渐地，群众变得骚乱了，喧哗了。

这总有些使人失望了，因为工人们发现这一次还不是复工，这不过是委员们使的计策，他们把机器转动起来，把汽笛重新吹响了，但是工场还是死灰色地病着，决不是复工的样子。因而有些工人都回过身去走了，有些虽还留着，却都不期然地责难起委员们来。

——天哪，又是你们的鬼计！

——说呀，什么事？

假使说得不对，我们可以拉他下来，把他们打死再说。

九月的阳光很和善地照顾着他们，虽则树木已经是秋深的气象了，但是空气总还是温暖的，然而矿夫们的心里，都燃烧着愤激的烈火，他们都下着决心要和罢工委员会作难。

时候就这样延展下去，矿工们同声向着那座运煤车堆集起来的演说台高呼着：

——复工！

好像是工人们早就商议好了结果，他们同声地叫着复工二字。

眼看着秩序要乱了，维持委员就在这时候登上演说台去。

起先没有一个工人去听他的演说，他们还是喧闹着他们的，叫着他们同一的口号：

——复工！

这当然又是一次失望，这对于罢工维持委员们完全是出乎意料的。起初他们还想抑止一下他们的轰闹，到愈加激烈的时候，他们知道要叫他们平静是不可能的了，于是大声地嘶叫起来。然而总还是徒然，他们的喊声能够传入工友们的听觉的，仅仅是"工友们""同志们"一类的几个字。

正在这混乱到极顶的时候，炭矿事务所里有人奔来了。事务所里的来人，却给与工友们一个极大的注意。

工人们立刻平静了一点，都重新昂起头来注意着。虽则他们知道这里不一定有好消息带来，但这总是值得注意的一回事。

在群众的混淆中，事务所里的职员登上了演说台。罢工维持委员也就凑着工人们注意事务所里的来人的静默的机会，开始他的演说：

——工友们……不要愤激，也不要怨望。想想以前，看看现在……且不要说复工……也不要……

台下起了一阵喧器，他们要把维持委员拉下来了。等到第二静默的机会，维持委员又接续下去：

——现在是没有工作给我们做呀，同志们，静着……难道这一点都不能忍受吗？你们想想在矿坑里压死，想想被他们杀掉？……我们没有吃饱过，罢了工会饿死，复了工仍然是半死……

群众不再听他的话了，一下又喧哗得厉害起来。接着事务所里的来人开起口来：

——静听，工友！

——不要再上当哩，你们也饿得够受了。

——来罢，忠顺一点，我们再给你们工作做。——这简直是出乎意料的，——群众立刻叫起来，并且静听着。

——好了，你们来报名，为了你们，我们再把这矿山恢复起来。

——记好，我们是不会饿死的。

——这是为着你们，不要再上当了，明天起事务所报名。

——可怜啊，你们都要饿死了！

在事务所里的职员演说中，罢工维持委员也在出着大声说话。

——不要上当兄弟们！

——我们的旧的铁索还没有解开，不要再添上新的了！

——来罢，坚忍一点，我们的自由正可以展望了！

台上的演说者是两个，台下的群众显然是分成了两派。台上人叫喊得正热烈的时候，台下的纷争也更厉害。

——不要踌躇，我们不要被他们用廉价来收买去。

——听听看，他们在说什么？他们在把我们当着猪狗，"忠顺一点"听见吗，兄弟。我们忠顺得像只蠢牛，然而他们给我们的食粮还会使我们饿死。什么话，把他们捆起来，他们骄傲着他们是不会饿死的，然而他们是我们喂养着的。不是么，兄弟们，那一样东西不是我们工人和农人所手制的！

——振作起来，我们才是不会饿死的！

——叫唤起来，来！

——用我们的力，换我们的食粮，流我们的血，换我们的自由。

但是没有多少人来应和他了，这里不再听见初罢工时那样千应万和热烈的声调了。仅仅只有一部份人喧哗了一阵，而且声音还带些嘶哑，其余一部份人却已拥着事务所里的来人散去了，留在这里的仅只有很少的一份。

会议还是接续着开下去，维持委员从演坛上爬下来，走到人群的中间去，他们都有些烦躁了。

至终，来富两手张开着喊道：

——天哪，谁都是怕饿死，但是谁曾吃饱过！

——唅，你们还想在半死不活里过好久？

Ⅲ之2

煤矿工场重又开工了。

升降机不断地辘辘着，山道上重新闪动起提着瓦斯灯的矿工们。仅仅是一个月多点，这煤矿公司重又恢复了旧有的规模。络续不绝的穷人们，每天都有乘着四等火车从远处装来。

一月以前的罢工事件，已经不再被人提起了，这里每天有好几千顿白煤从矿坑里输送出来，工人们都很忠顺的操作着，运煤货车每天按着时刻来回；公司里的职员们也都很高兴，总算还不曾弄糟，到年底总还有些红利可以分润。

矿工们也还是依旧，到发工钱的日子仍然挤满了酒排间，粗野的村歌，照前一样的漾遍了山谷，他们仍旧嚼着高粱煎饼，偶然还可以吃一次猪肉包子。

他们的祖父死了，父亲死了，这一般人始终都是忠顺于这煤矿的善良的工人，他们还是这样继承下去，走着自始至终的常轨。

谁再会相信罢工呢？罢工维持委员会虽则还在开会，继续地讨论着进行的方针，但是所到的已经不是工人们而是被开除的或是不去重新报名的流氓们了。

他们虽还不断地努力，不断地向矿工们宣传，但是有谁去理睬？因而这些委员们也危险起来，时常有军警把他们监视着。

然而他们还能够集会，还在秘密讨论着对付公司方面的计划。就在离工场不远的蒲家庄上，有他们一个集合会所。在这团体里，还有好几百个人始终团结着。

在山乡里面，不会有军警们来妨害他们的工作的；虽则这样，他们的工作也不是十分能够自由地做去的。当晚间七八点钟的时候，早睡的农人们都已入睡了，他们在一盏暗淡的灯光下开起会来。

这里都是些饥寒交迫着的失业者，虽则他们抱着怎样的宏愿，但在这过于困苦了的境况里，确实是很艰难地挣扎着。所以在开会的时候，都是带着怒的热情高声叫嚣着。这叫嚣，可以证明他们的热血在沸腾着，并且对于他们的信仰的坚确，他们没有什么争论，只是狂吼着。

——打！

——烧！

在白天里，他们都在处乱走，随处去探听关于工场方面的消息，尤其注意到工人一方面的，因为他们想从里面可以找到一个活动的机会，或则能够把工友们重新煽动起来，再作一次大规模的运动。然而在每次报告的时候，大家都感伤地叹着气：

——工友们不都是靠得住的。

他们认为最出乎意外的消息，那是老陈的儿子阿根也报了名去作工了。

这一次的罢工的大原因，虽则是为了要求改良工人待遇，然而激起这一次大规模的同盟罢工的重要原因还是因为公司方面枪毙了老陈等这一次几个代表。

当这一个消息在好多人围集的那间屋子中间发表的时候，听众都骚动起来，起先都不作声地呆瞪着，渐渐向着报告的人钻集拢来，同声地喊起一声：

——呀！

经过了半天的沉默，把这一件事当作中心来讨论了很多时。

当然，这出乎意外的消息给了他们非常的惊异，然而也算是给了他们更大的鼓励。

不过也是难怪他们；一个寡妇带着她的八岁的孩子，不想法找一点事情做，怎样能够过他们的悠久的日子呢？然而这也太可怜了，他的几代的祖生死在矿坑里了的阿根，到头来他还是免不了这个传统的命运。所以阿森暴怒起来，两个拳头击得桌子猛响。

——这一下我总忍不住了！

第二天的早晨，天空里还是黑暗得很，崎岖的山道上没有一个生物在那里走动，只有野兔在草丛里觅食，秋虫在四下里叫着。一群忍着饥寒的失业者从蒲家庄出发到煤矿工场来了。

那时东北风带着秋夜的冷气在四野里奔驰，北地的树木，早就枯黄而渐渐凋零了，干燥的黄叶在山坡上滚动，声音凄惨地，好像挟着大难临头的预兆。

没有一盏灯，没有一点光线，一群人爬下了山岭。

这里距煤矿工场还有一里多路，在山顶上可以望见工场的全部，那里正闪烁着繁星似的电灯的红光，载满了煤块的小车厢不断地随着升降机拖到地面来。

他们就在这山头上坐下了。

迎面的冷风直扑向他们的身体上来，他们感觉到他们的衣服太单薄了，微微有点抖悚。在工场的那面看得见无数深黑的影子在小小的铁窗里漾动，机器的奔动声，和升降机上铁索的抽搐声，很爽利地响动了整个大空。就这样，我们知道那里的牛马似的工人们是工作得多么勤谨。在升降机的不绝的上下中，无数的煤块从地底下挖掘出来了！

就在这山顶上，他们思索了一下。观照了一回。立刻，把人众分成了几队，继续向着工场跑去。

还不是换班的时候，在路上简在碰不见一个行人，除了单调的机轮声升降机的上下声，煤块倒到煤堆上去的声音之外，这整个煤矿工场真像是沉睡了的；更夫带着睡眠似的倦态，轻轻地敲着更锣，在远处走过。

一点也看不出什么变动来，一群人已经走近了工场。

谁都是勤谨得很，这是不用说明的——机器不断地在奔动，升降机不断地在上下，一夜的工作，煤堆要增高得不少。而且是谁都不曾想到有什么变动，谁都很能够忍受地工作着，他们不再上当了。

一群人都暂伏在工场边界的暗处，他们在期待着。

突然……西山顶上的大警钟响动起来了，这声音半天不断。

于是一群人冲突进去，他们越过了铁丝网，越过了守门人的小屋……

仅仅只有一刹那，全个煤矿工场震动起来了。开掘矿山用的炸弹在到处爆发起来。火药的臭味，密布满了空间，铁壁的倾圮声，机器的炸裂声，嚣号起了可怕的巨吼。

这里没有人的哭喊，没有人的奔走，只是全部的厂房崩塌下来，钢铸的桥梁倾圮了！在这样沉黑的深夜，什么人都还甜睡着，这里没有人来援救，没有起什么冲突，仅仅是一刹那顷，全个工场已经炸毁得没有余屑了！

这是一个痛快的工作，一群忍饥受寒的群众，在这颓败了的工场中还在四处横行，直到厂房已经塌尽了，在这工厂里再没有多够捣毁的东西了，一群人才向山道上西奔回了去。

在这里已经没有什么遗留了，四处都是零乱的钢铁的碎片，断片的机轮没有一个人，也没有一架完整的机器，整齐的厂房了。

一群人散去以后，这里寂静得出乎预料。满目荒凉的山谷里，不再会认识这还是昨天的热闹的大工场了！

到东山上升起第一线的太阳光照临到这里来时，这里的什么都已完了，只有未烬的炭火在四处燃烧着，如山一样的煤堆也崩塌得低陷了些。

在秋天的阳光底下，仅仅还有第一第二坑上的升降机的橹还坚确地立着，它们还依然无恙地竖在半空中，像撑天的大柱。

在这满目荒凉的钢铁的碎片中，这确是可以骄傲的使人瞩目的东西。

然而仅仅这两架升降机的橹也已经死了。它们不再能吊着硕大的铁架可以在好几百米达深的地窟里上下了。这里升降机上的铁索已经断了，它再也不能转动了！

升降机的橹虽则还没有倒坍，但是铁索断了！我们再不会听见绳索抽搐的轧轧声，再不会看见满筐的煤块吊上来了。

还有这些矿坑里的勤谨的工友们，他们还蹲伏在好几百米达深的矿道里做着几世传下来的职业，过着他们传统的运命！

升降机不能再上下了，矿坑里的成千的勤谨的工友们没有再见太阳的时候了！

就是在我们一开始就讲到的小阿根，虽则他仅仅有八岁，但他也没有出逃这命运的圈套！

裁 判

陈兆老伯终于伸开手耸着肩，向着天长叹了一声。

他的几只篾竹饭篮，在他背上乘势地震动了一下。

——这为什么呢？……

这时早晨的浓雾，充塞满了整个空间，凡视线之所及都布满了乳白色的水汽。一切山林房屋完全溶化在这一种迷蒙之中。三步以外的来人，已经莫辨面目，潮湿的凛冽的空气，扑向人面上来，觉得有一种愉快的感觉，和异常的沉闷。

——大概总不会死吧！

立在陈兆老伯面前的那人，带着一种滞涩的音调，干燥而低沉的喉音，轻微地说了一句，转身向着漫漫的朦胧中消逝去了。

陈兆老伯把背着的篾竹饭篮，向肩上一耸，二手向地下一托，转过脸向着那人去的地方凝视了一回；他的昏花的老眼中，泛溢着疑问而又坚决的神情，带着一付故意的轻蔑的态度唤道：

——唅，你懂得吗……但是残废了！

那去的人，在浓雾中只留下一团淡淡的黑影，如鬼魂似的渐渐隐去。他对于陈兆老伯的话，似乎没曾注意到。

陈兆老伯好像也并不要他听见，他慢慢地回过身，向着无限的茫茫中走去。他的跛了的右腿，使他走起路来非常艰难，身体摇摆得非常厉害。几只篾竹饭篮，在他背上按着步调的节奏左右摆荡。

他走近了工场前的煤堆，在那里的潮湿阴沉的地面，发出霉腐的刺鼻的臭味。严肃而冷静的厂房，坚确地耸立在前面，几盏褐红色的电灯，从破碎的玻璃窗隙中和不整齐的铁柱间射着它微弱的纳闷的闪光。升降机的高不可仰的铁架，一直延长在半空中；它的上半截渐渐地由模糊而飘缈而消逝，只有仅能辨别的淡灰色的阴影，在密雾中浮动，一种骄傲的崇高的气象，如像告诉人家说，它是撑着天顶的大柱。

那里不绝地响动着绳索抽搐的轧轧声，和机器房里的引擎的奔动声。升降机上下的警铃声，间或杂着煤炭倾入车厢中的巨吼声。

在陈兆老伯的来路上，响着火车的轮盘与铁轨磨擦的粗暴的重音，和一二声火车机头上放汽的短促而刺耳的叫唤。

对于这些，陈兆老伯似乎不曾听见。

陈兆老伯足足有二年没有到过这个地方了，他对于这个地方起一种深切的愤懑，和无涯的厌恶，他诅咒这地方，他叫这里为阴曹。他说：凡在这里来往的，人人都是些可怜的冤魂和无情的鬼判。他曾经坚决地起过好几遍誓，在他的生命未完结之前，他决不走到这里来。

但是他令天破戒了！

他一路诅咒着走前去，他的无表情的枯涩皱裂的脸上，微动着筋肉的抽搐。二片灰褐色的嘴唇皮，轻轻地震颤着。围着他的嘴巴的坚硬的杂乱的髭须，随着他嘴唇的起伏而骚动着。

他对于这里的路径还是非常熟悉，虽则多时没有来了，究竟他在这里整整作过三十六年的工作呢。

"鬼门关"，陈兆老伯所说的鬼门关到了，这是煤矿工场的总门，门的左面那所狭小而灰暗的牌子房口，挤满了在那里领取日班工作证的工人。灰黑的人群挤满了潮湿阴暗的走道，骚扰的杂乱的谈话声，把个静谧的清晨的空气，登时沸腾起来。无数的头颅浮动在那充满浓重的水汽的厚空气中。无数点点的鬼魂般的人影，在那条笔直狭窄的道上来往。

总门旁边的一间低矮且黑暗的小房内，蹲着两个守门人。他们自从陈兆老伯的身影映入他们的视线起，已经注目着了。他们好奇地看着他，好像要说像陈兆老伯这样的怪物，怎么会突如其来跑到这里来了呢？他的郑重的立誓，曾经传遍了近处的人们的耳膜，他每天每天诅咒炭矿的论调，多少矿工们，常常用为喉舌。在这里工作了二三年以上的工人，差不多无不听过陈兆老伯的名字，和他怎样诅咒煤矿的论调。他们个个人知道陈兆老伯是不会再来的了。

——唅，陈兆老伯，你来了吧！

说话的声音中，显然带有几分讥嘲的口吻。

——只有这一次了，朋友！

——什么事呀，唅？

——……

陈兆老伯没有回答他们，只是跛着腿一路直撞前去。他好像怕人看见他似的，紧紧地靠着墙壁，不一会向着浓雾中消灭了。在那里领牌子的工人，都带着一付好奇心注视着他。

他静静地走到了医院的门首——这是煤矿公司设来专门医治工人的——在门首已经听见了院内杂踏的骚扰和声声的哭唤。他踌躇了一下，把脚下的泥土在地毡上擦了擦干净，提着勇气走了进去。在里面，外科诊察室的窗口挤满了人群。其中有鲜血染遍满体的矿工和抬伤人来的扛夫，或坐在窗口前的长凳上，或躺在那里呻吟。就是站在那里的健全的人们，也表现着一付对于过分苦痛的真挚的同情。还有几个伤者的家属，带着满眶的泪水，对着哀哀欲绝的伤者暗泣。

陈兆老伯楞起了一只右腿，靠门站着；他的热心的凝视，和深沉的凝思，使他脸上的皱纹，格外涨溢得明显。

在那里，四五个看护妇异常地着忙。她们都捏着整卷的消毒绵花给患者洗擦伤口，并用绷带给正在流血的伤口包扎起来。一阵阵混杂的呻唤声，把全个走廊罩上了一层肉麻的色彩。二个医生的助手，握着整瓶的 Adrenalin 和 Cocaine[1] 从陈兆老伯的身边疾忙地奔过。医生的助手走过时的突然的振动，使陈兆老伯忆起了此来的目的。

经过了一段狭长的走廊，陈兆老伯走到了工人病室。这是一间很宽阔的长方形的病舍，一走进去，就闻到一阵刺鼻的恶臭。室内的墙壁，因为好几年没曾粉刷，兼以工人的不知爱护，以致白色的粉壁上满是一团团烟熏火燎的焦痕，和一块块乌黑的手印。屋顶的天花板上，满缀着蜘丝，黏满泥的尘垢，一条条挂满。几扇从未擦拭过的临街的窗户中，望得见几盏淡漠的待死的

---

[1] 分别是肾上腺素、可卡因。

街灯。窗玻璃上积着一层厚厚的水汽，笼罩着窗外神秘的可怖的世界。

室内异常地静寂，只有几个新到的伤者在微弱地呻吟，和一个伤者的妻子，在隐微中啜泣着。其余旧的病人，凡稍能动弹的，都已默坐在床头，惊奇地赏玩着这场可怖的悲剧。还有的正盖着破旧的被睡得正浓。

室内可怖的幽暗的空气，使人感到墓地的恐怖。

第二排第六张病榻的前面，医生正静穆地站在那里，看护妇推着一付器械桌子跟在背后。陈兆老伯跨进门限时，看护妇摇着手阻止他的前进。

陈兆老伯带着一付惊奇而疑问的目光，在门限旁站住了。他举起目光向四面开始巡视了一周，坐在床上的病人，也都注意地望着他，向他招呼了一下。但是慑于医生的威势，未曾唤出声来。

终于他进去了。他把背上的篾竹饭篮卸了下来，安置在门口。他像找寻失物似的，向各张病榻上去细瞬。末了，他止步在医生的旁边，并且开始流下了眼泪。

——天哪！这为什么呢？

他失声地唤叫起来，两只臂膀伸向着屋顶，好像他要把屋顶抓下来一般。

医生回过头来注视着他道：

——静着，不要扰乱！

医生的语调短促且有力，好像带有一种不可侵犯的庄严。

陈兆老伯颓然倒下了。他坐倒在那张病床上，把那张弹簧垫的小铁床震摇得剧烈地颠荡起来。医生无可奈何地看着他，两眼中迸裂着盛怒。

看护妇立刻走将过来，拉着他的衣袖，把他拖将起来。

——走，走……你将妨害病人了！

——妨害病人？……但他是我的儿子……

陈兆老伯全身发抖了，他的枯黄的面色已经转成灰青。他起初还想尽他的全力去反抗，但是他已没有力量了。他只如一只柔顺的羔羊，由他们牵往外面去。

门关上了，把可怜的陈兆老伯关在外面。他现在茫然了，他似乎已经失去了知觉。

——唅，老兆，你怎么啦？

来的是一位壮健的老人，他的硕大的身躯，如像吹涨了的皮球。胸腔的下面，凸着一个膨大的肚子，走起路来非常不便，脸色通红。头发秃去了一半。他是医院里的厨子。

——天哪，这算什么呢？……

陈兆老伯带着一种粗暴的声气叫唤起来。一只手戟指着紧闭的屋门。

——他们怎么哩，告诉我。

厨子用了取笑的态度，哄小孩子的声调来问他。

——我的儿子……我的儿子……他们要把我的儿子怎么呢！

——哦，告诉我。你的儿子吗？——你的儿子怎样哩，他压伤了？

——谁知道呢，天哪！……他们不知道要把我的儿子怎么了？

——这算什么呢，谁的儿子都是一样的。他们在医治他呢！

——我不相信他们会医治他，他们是鬼判呀。他们这些恶鬼，已经把我的腿弄跛了，他们把一个一个人的儿子弄跛了腿，弄瘸了手，弄去了生命……于是说一声：猪，走吧！

——来，我们去喝一杯茶吧。不要再说这些没意思的话了。老兆，你今天未免太愤激了，在这里的人们，不都是一样的命运吗？你看今天的伤人有五十多个呢！

——但是我的儿子……

——谁的儿子都是一样！你不是也跛了腿吗？

——天哪，我跛了腿，我的儿子也跛了腿！

——老兆，这是命运呢！

在这狭狭的走廊中，挤满了人群。他们都好奇地围着那满身颤抖的老者，用一付热情的眼光注视着他。

——啊，陈兆老伯，多少时候没有见面了，怎么今天在这里哭起来啦？

突然一个轻快而含有滑稽意味的声音，从人群中叫出来。

——他的儿子压伤了呢！

人群中起了一阵骚扰，他们谈论着，互相问答着。在走廊的那一端——外科诊察室的窗下，不断地送过来一阵阵呼痛的呻吟，和隐约的缀泣声。

——哙，老兆，这算什么呢，横竖我们都刻刻在等着死呀！

一个满身黑透，面上染了多量煤屑的年老的矿工，提高着声音说。

——唵，你也在这里呀！

陈兆老伯突然兴奋了一下，说话时带有一种愤懑，好像在咒诅着一样：

——我和你都要死了，我们横竖刻刻在等死，不差，不差。但是他们，他们……——他用手指着紧闭的病室内，接下去道：——他们年轻人呢？……难道他们也应该死吗？我们生了他们，我们就这样送了他们去死吗？……你想想看，我和你送了多少青年人的丧。我和你扛过多少青年的死尸，这难道就是这样简单吗？……这难道就是——我们横竖刻刻在等死一句话可以解说的吗？这是什么呢，我不懂，我不懂。——他说着，举起二手向着天，接着又唤道：

——天哪，这算什么呢？

——老兆！——那老年的矿工也悲哀起来了，音调中充满着深切的同情。——我劝你不要悲伤了吧，那孩子的命运，就是我们一辈子的命运，我们自己不是统统在这样一个命运里吗？青年人和老年人横竖都是一样的，我们横竖要都死在这样一个命运里的，不过或迟或早吧了，老兆，我们还是顾活的要紧。你该晓得，我们都是穷人呵！

老人把熄灭了的瓦斯灯整理了一下，挂在腰间，于是伸起一只臂膊在陈兆老伯面前道：

——你看，我也伤了一只左臂呢！

关着的门开了，医生静静地在门口出现。看护妇推着器械桌子，跟在后面。走廊上的人们，突然静了下来，把身子靠拢了一点，让他们走过去。

医生过去了后，有几个人走近来搀扶着陈兆老伯。

——哈，现在可以看你的儿子去了，但是轻些……

他们都非常熟练地把他扶起来，这些人都有了这种经验。在这病舍的门首，他们常这样地轮流安慰着，搀扶着，这样的事情，在这里是太平常了！

室内不很明亮的电灯光，映着灰暗的墙壁，异常惨淡。陈兆老伯的儿子，静静地躺着；多量的煤屑布满了他青灰色的面脸，微启的眼眶中露出一对雪白的眼珠，异样地可怕。

他的伤有两处，是压去了一只左臂和一只右腿。那只左臂是从上膊的中间折断，腿部却从膝下一段全切了去。其余如左腿的膝盖上也流过多量的血液。在今天的伤者中，凡抬进医院来的算他是最重了！

陈兆老伯用了郑重而迟缓的脚步走了进去。

病人只是微弱地在呻吟，陈兆老伯惟有低声饮泣。就这样地父子俩对坐了一刻，没有说过一句话——也不能交谈。末了，由旁人把陈兆老伯扶了出去。

他把篾竹的饭篮重又挂到肩上，没有向一个人告辞，静静地走出了医院的大门。

雾退去了，一切都很恬静安谧，虽则猛烈的冷风冲激着他，使他抖悚，但他依旧走着他不快不慢的步调，左右趷趄着走向前去，也不回一回头。

突然一阵刺耳的哭唤声，传入他的耳膜，路上的行人通同奔向前去，但是我们的陈兆老伯，好像无事似的不曾去注意到这些；他的心灵完全麻木了。假使在他的前面有一家酒店的时候，他或者会快走几步，踏进去喝上一斤白干，至于人家的哭唤，好像不能引起他的注意力。

他经过煤矿公司的事务所的前面时，在丛杂的槐树的林下，围满了人群，哭唤的声音，也就起自这人群之中。陈兆老伯很想排开了人众，挤将过去。但是路途完全塞住了，并且他也不自主地被卷入了这人海的漩涡。

　　——这算什么……这算什么呀！——来，我们打进去……

　　——拖他们出来……这些没良心的！

　　——打进去……打进去……

　　人群中起了愤激的叫号，人众和应着同情的喧扰。但是没有一个人动手，虽则不绝地唤着打呀，打呀！

　　——天哪，这是什么呀？

　　陈兆老伯开始注意起来，并且问一个站在他身旁的矿工。

　　——今天压伤了五十多个人——你知道吗，五十多个人！死了的还有八个呢——但是他们，他们这些没良心的东西，只把四个人抬进医院里去医治着，还有四十多个人硬不给医治……你看呀，他们都快死了！

　　槐树的根旁，横倒着无数的尸身和哭倒着的妇女与小孩。紫黑的浓血，流了满地，呻吟和哭唤声充满了空间。

　　——他要死了，死了，他要死了！呀，救命呀，你们看他怎样在摆动……

　　——谁做一个好事，快把我的儿子弄死了，给他一个好死吧！我不忍看了，我不忍……我不忍看他这慢慢地痛死！我的心也要痛死了……

　　尖锐的女人的叫唤，格外刺耳地激动着人众的耳膜。

　　——唅，你知道吗？你看着，公司里不给他们医治，因为他们死了，公司里给十块钱丧葬费，假使他们医活了，像这样的残废，公司中就得贴他生活费呢！

立在陈兆老伯前面的一个年轻的矿工，以为陈兆老伯不明白公司中的规矩，转过头来向他说明。

——天哪，这算什么呢？——唅，兄弟们，你们打进去呀！

终于陈兆老伯愤激起来了，他背上的篾竹饭篮已被人众挤扁了二三只，他却并没有觉着，只是提高了破裂而涩哑的嗓音狂呼起来。

——唅，兄弟们，打呀！……天哪，你们看什么呢……你们倒能忍心看他们这样难过的死吗？……

于是他首先拾起一块石子来，他把那石子举在空中，好像向天祷告一样，再用足了气力，向事务所的楼窗上抛掷过去。

“碰啦”一声尖锐而刺耳的音响，玻璃窗打破了。接着是群众中起了一阵冗长而轻快的赞美声。

——啊，打呀！……

一声呼啸过后，立刻又静默了下来，似乎有一种不可测的灾祸将降临，人人都似就刑的囚犯，畏缩地等待着责罚的到来。又像是他们犯了一件不赦的罪过，现在正在忏悔着。

空气紧张了起来，事务所的大门，仍然紧紧地关着。

人声渐渐又骚动起来，石子一块二块向着楼窗又抛了上去。

不到几分钟，事务所的玻璃窗通通砸破了，但是里面已经把内层的百叶窗又紧紧地关上了。

——警察来了，警察来了……

一阵绝望的惊惧的唤声，从人群中叫了出来。

——哙，不要走，兄弟们不要走呀！

有人大声地阻止着正预备逃走的群众。

——不要逃走呀，兄弟们！你们能忍心看着你们的兄弟们——这些要死不死的被杀害的兄弟们遗弃在路旁吗？……

陈兆老伯托开了两臂，站在人群的中央狂呼起来，于是人群中起了一声同情的呼啸：

——不要逃走呀！

警察逼近了他们，用了熟练的操法向群众排成了一直行。装着刺刀的枪尖，闪亮地举在空中。

事务所前的空地上的景象，由凄惨而变得可怕了。警官扳着一副冷酷严肃的面孔，直视着站在前排的群众。

——你们这里谁是首领？

警官的问话带有不可侵犯的威势。但是没有人答应，只有微弱的妇女的叫唤，突破这个静寂。

——谁来做个好事呀，来把我的儿子刺一刀，让他早一点死吧……我不忍……我不忍……再看他更深的痛苦……

——我的丈夫犯了什么罪呢，要他这样难过地死……天哪！

——天哪……

警官沉默了一回，用起命令式的口吻说：

——走！你们抬着走，否则你们都死！

——哪，天哪……天哪……

突然又是一阵妇女的哭唤。

——哙，你听听他们的哭唤！

陈兆老伯用着讥笑的口吻说着，并且走前了一步。

——我们没有犯罪呀！

——快请他们出来讲个理，否则我们都不走！

——不走，我们都不走！

群众附和着陈兆老伯，突然又骚动起来。

——捉他们起来，这群强横的猪！

警官因了好几十块钱一月的职业的关系，下了这道命令。于是警察们用了他们平素练习好了的姿势冲突来了。

经了这度意想不到的威逼之后，群众稍稍地向后退了一点。于是把躺在地下的可怜的残疾者和蹲在血泊中哭泣着的妇孺们遗弃在人群的最后排了。

她们不知所措地狂乱起来，用着她们的全力呼号，啼哭。她们扭着自己的衣裳，抓着自己的脸，旁着待死的伤者狂跃，叫号，她们几乎在地上打滚了。

——我们犯了什么罪呢……你们是什么意思……救命……救……救……

她们试试站起来逃走，但是大多都软弱无力，刚站起来立刻又倒下去了。

群众渐渐又继续着更密切地重新围聚拢来，并且回复了他们原站的地位来。

——快回你们的家去，否则我要开枪了！去，我命令你们——你们再不走吗？你们这些横暴的猪啊！

但是警官的威武的命令失了他的效力，群众只是更向前进。

结果警察们开起空枪来威吓他们了，群众的阵线又退回了转去，并且格外骚扰起来。

——天哪，这是什么呢……

在枪声中突然叫起了一阵被过分的恐怖所震慑的妇女的号啕。

——不要惧怕呀，天哪！

陈兆老伯用了庄严的姿势，响亮的嗓音，双手举向了天唤着。

——兄弟们，工友们……

因为伤人和妇孺的阻隔在中间，两方都站住了，并且静了下来。

——你们听我说，工友们！我也是一个矿工，在二年以前我和你们一样。我和你们一样流着汗，喘着气，每天每天在这地狱底下做工，并且我曾经压断过一只右腿。兄弟们，我也流过汗，流过血，天哪，天生了我，要我做工，我就这样做了三十六年的工……

两方面的人们，都被他这一种庄严的神圣的态度所征服，所以一切都静了下来，大家用心听着他。

——唅，兄弟们！我们都一年一年做工下去，出汗，流血……天派我们做工，我们只好流汗了。但是我断了一只腿，他们就不要我做工了，他们给了我不过五十块钱。他们说：去吧，猪！现在用不着你了！兄弟们，这算什么呀，天哪？

——对啊，对啊，这算什么哪！

群众在陈兆老伯略停之下，开始怨懑起来，用力踩着脚。他们眼中个个都迸裂着怒火。

陈兆老伯接着又高呼起来，当他说话时，群众又静下了。——

看啊，这四十多个正在流血的兄弟们正躺在这里——看啊，这是给你们的恰好的例证。他们为了什么呢？他们在这世界上做工，出汗，流血，但是现在用不着他们了。去吧，去死，横暴的猪！……

——是呀，是呀！

——这是什么呢，天哪？这是一种什么缘由呢？兄弟们，工友们，这正是我们明白的时候了，我已经常久常久等待着这个时机的到来了！当时我自己也并不明白什么，我究竟为了点什么呢，我做工，出汗，流血……我们没有得到什么报酬。我生了这么四十六年，我没有吃饱过。

——是呀！是呀！我们那一个不挨冷受饿！

——我流血的时候，我曾得到过谁的同情来，我有过谁来安慰我，我只能呻吟呼痛。——现在我的儿子也躺在医院里了，他和我一样的命运……兄弟们，我的孙子也定是一样的在这样命运里。你们呢，你们不也和我一样地过着吗？

群众呆住了，好像受催眠似的注视着发狂一般的陈兆老伯。

——我如今虽然每天挂着篾竹饭篮出去兜卖。我虽不做矿工了，但是我一年一年在等候着，等候着这时机的到来。我等候了二年多，现在终于到来了。兄弟们，现在是我们工人自己靠自己的时候了！但是我们怎样抵御这些虐待我们的恶鬼呢……我们怎样才能自己保护我们自己！

——让我们惩罚那些恶鬼，和这些猪猡算算账……

——看啊，兄弟们，恶鬼的使者站在你们面前呀！

群众中起了一声激烈的呐喊声，而又冲向前去了！

枪声也突然爆发起来，白色的烟雾弥满了空间。

这时群众真的逃散了，这些手无寸铁的群众哭唤着向四处奔逃，而各个人的瓦斯灯却还紧紧捏牢在手中。只遗下了横陈在血泊中的残疾者，和逃不了的妇孺，还有几个站在前面因而中了弹的可怜者。

看护妇正在给他包扎伤口的时候，陈兆老伯醒来了。他的失神的两眼中，还罩着一层薄薄的云翳。他一开眼就有一股可怖的逼人的怒火，向着立在他床头的医生迸裂。继而他用着疑问的注视浏览着周遭。

医生捉起了他的左腕来，按他的脉搏，他只是无抵抗地随着他们做，他渐渐地把眼闭拢了。

当医生检起 digitalis[1] 给他打针的时候，他受了针刺的刺激，突然把两手举将起来，非常猛烈地击打着床头的铁栏杆。——他是想把手举向天去，唤着他常用的语句：天哪，这算什么呢？但是他没有能够唤出来，因为二臂被阻着，不能直对着天了。他一声不响地，连气都没有叹，静静地把手收回了。

针打过，看护妇跟着医生出去了，在室内留下了沉寂和恐怖及低微的啜泣和凄凉的呻吟声。陈兆老伯开始明了似的长叹了一声，他想试试坐将起来，但是已经没有气力了。他失望地把两眼瞪着屋顶出身。

这时他浑身觉得疼痛起来，但他并不呻吟，只是不安定地试试想把身体翻转过来。

---

[1] 洋地黄。

他费了不少气力，和几次的努力才把身体翻动了一点。这时他感到他的剧痛更厉害了。他紧紧咬着牙，把眼睛紧闭拢来。他的无血色的青脸皮上，显然刻画着无限深沉的痛楚。但他绝不呻吟，他尽力抑止着，因为他知道，没有人会对他的呻吟同情。而他更不愿使在这病室里的可怜者更加一层感伤。

一切都静寂，那时惟一的声音，就是屋外狂啸的寒飙震撼着窗棂。

在陈兆老伯再睁开眼睛的时候，他第一瞥就认清了在他旁边那一张床上躺着的，就是他自己的儿子。于是他感受到了一番刺激，他的眼睛渐渐睁大开来，睁得非常之大。他常久常久对他的儿子凝视着，他从他的儿子的头一直视察到脚，再从脚逼视到头，他在他儿子的身体上，好像有一桩深沉神秘的事件，亟待研究似的。他差不多把自己的痛楚完全忘掉了，只是很有兴味地凝视着他的儿子的在微微起伏的胸脯。

他的儿子成了一具畸形的怪物。混身用白色的绷带捆绑着。因为缺了左手和右腿的缘故，完全不像是一个人了。

再远一些的一张床上，躺着一个被枪弹擦破了头骨的矿工。他和陈兆老伯是同时受伤于警察之手的。他现在正在昏乱时期，他的头用绷带捆着，面上的血渍尚未洗净，远看去像是一大块血球。

这样继续凝视了好一回，陈兆老伯终于又长叹了一声。

夜色笼罩了下来，室内更形死寂且恬静。几盏光线不足的电灯，开始闪着它纳闷的光芒。

病室的门开了，是厨房里送晚餐进来，能够弹动的病人，都闻声坐将起来，把盖着的被褥整理了一下。

厨子老照特地颤着他满身的肥肉进来了，把手掩着他的鼻孔，从一排排的病床间挤过来，还是陈兆老伯先看见他，招呼着他：

——唅，老照……

——唵，我听说你又在这里了！这是为什么呢？枪弹中在哪里？

——哪，哪，腿上！

——呵，你怎的不躲闪一下呢？

——躲闪！我也死得了！我看过了多少人的死，看了多少都比我年纪轻的人一个一个死去，老照，我想我也应该死了！但是……但是我只怕要看了我的儿子的死，而后轮着我！

——他们都在评论你呢！

——说我自己寻死？

——他们说你真是老流氓。今天死伤了许多无辜者，他们都说是你害他们的呢！老兆，你真是这样做了吗？

——我吗？在这里的人人都是些无辜者，难道都是我害他们的吗？——你看我也流了血呢，这是第二次了！

——你何必着急呢！我和你是老同乡，所以特地来找你谈谈——你千万不要以为是我在评论你——他们都说你自讨苦吃，他们非但不和你表同情，反而诅咒你呢！

——那么，我的腿，我的儿子，我今次的中弹，都是我做的恶事么？

——那不是这样说，你今天总太激烈了！

——这都是我，这都为我的激烈，就算这样吧。但是老照，我的一生中做的一切事为了什么呢？……我为了怕自己饿死呢！

——你总是受了什么刺激了，老兆，他们都没有饿死呀！

——因为他们都没有饿死，才便宜了这些吸血的猪，假使我们通同饿死了，这排猪也就没有得剥削了！

——老兆，不要这样骂人，有天哪！

——天哪！天要我做工，我就做了这一辈子的工。我做工，出汗，流血……天哪，天给了我什么呢？难道天就给了我这一生的痛苦，可怜和残废吗？

——老兆，命运呢，我们都是这样的呀！

——命运吗？命运叫谁去相信呢？我要求公平的裁判！不是吗，老照，世界上已经早就不看见公平了！

——老兆，命运呢……

厨子好像没有听见陈兆老伯的话，只是把命运二字反复地说着。

——…………

——陈兆老伯没有回答，他好像突然忆起了什么似的，两眼向着屋顶凝视。

——但是你今天究竟为了点什么呢？

——我不知道为了什么？我从好几年起一直到现在，我常久常久不明白，我为世界做了这些年工，我们的所得呢，就是这些虐待，而我们还是必得要替这世界做工下去，这究竟是为了点什么呢？——但我总这样想：总有一个奇迹，总有一个英雄会来可怜我们而救助我们的，但是没有，我一年一年这样等待着，一直到现在终于没有到来。——我到今天才知道，救助我们的就是我们自己呢！

——但是你总是受了更深的痛苦了！

——除了这个还有别的方法吗？

——我听见医生说你的伤口很轻，三四天就会好了，好了他们还要裁判你呢！

——谁？谁敢来裁判我！

——当然是总办！

——他们？他们还要我怎样呢？他们要弄到我怎样才甘心？他们用了我的力，他们饮了我的汗血，他们又夺了我的儿子去！现在只有这一条老命了，一架骨骼撑着的薄皮也已跛了腿了。他们还要我什么呢？

——但我想，照你今天的做法，总归算是犯法的！

——老照，我不懂。我自己也这样想，我的确是犯了法了！但是我差在那里呢？

——我们再谈吧，我还有事！医生说你今天不能吃什么？

——那么老照，叨你的情，送我一瓶酒喝吧！

——啊！你不能喝酒！

——但是我想喝呢。

——你不能喝！

老照出去了，他把门仍然紧紧关着。

陈兆老伯又这样孤独地静了下来，他想最好有一斤白干，一碟酱菜。至于以外的事物，他不想自己提示自己。他实在也有些疲倦了，但是总睡不着，两眼不自主地浏视着周遭。

夜色更密切地笼罩了下来，几盏灰淡的电灯光起了作用。室内淡漠昏沉使人会联想到荒漠的古墟。病人的呻吟声，也渐渐微弱地低沉了。看护病人的妻女，都在这时告别了出去，遗下在这里的，只是可怜的无告者和广泛的悲哀。陈兆老伯就这样持续着下去，常久常久他没有一声一动，他的两眼只是向四下里奔驰。他的惟一的目的，常久没有忘记那一斤白干。在这时他也想到应该有一个人来和他谈几句话，使他的痛楚暂时遗忘一下。但是会有什么人特地走来看他呢？他的妻子已经在十多年前死了。剩给他的只有他的惟一的慰藉者——他的儿子。而他的儿子正失了知觉，又其是他正是为了安慰他儿子而来的呢！

　　现在他觉得有点子口喝了，他用力把身子抬起了一点，使他的视线够到注视着安置在壁间的那把大茶壶。但是没有用，他仍然没有法子去取得饮料。于是他又颓然倒下了，接着是一声幽长的叹息！

　　——唅，朋友，谁给我一杯茶？

　　因为他语调的刺激，正在想朦胧入睡的病人，给了他一阵低微的翻动声以作回答。

　　怪不得陈兆老伯要火冒了，难道没有人能够可怜他，没有一个站起来给他倒一杯水吗？所谓怜悯，所谓同情，所谓邻人之爱躲藏到那里去了？他的火气直冲上来，他的口内加紧地干燥起来。他过分愤激着，他不顾一切地死力抵拒着床沿，把身体支撑着坐了起来。他的两眼中不绝地迸裂着真挚的怒火，虽则他的身体正在剧烈地颤动，他却竭力想镇住这里弱点。他好像要起来把全世界一齐毁灭似的，他提起了他病态的——或则所幸说是懦怯的勇气，把目光浏览着每张病榻。照他的自信看来，好像他的勇气，却是够把全世界毁灭似的。

这时真是寂静得非常，陈兆老伯把他的周遭细细察了一下，他所发见的只是些和他一样可怜的病人。他的愤火没有目标去喷泻，但这里没有他的仇敌。

但当他起坐时，把床振动得太烈害的缘故，却把睡在他身后床上的一个病人惊起了。虽则他还没有睡着，但因疲惫和寂寞起见，他把被褥没头遮着，试试去熟睡了。他是被矿底下的炸弹炸伤了臂部，他在四五天之内就可出院了。他的年纪还很轻，大概在二十七八岁左右的青年，在矿里服务一过一年多些。在这里的病人中，算他最欢喜活动了。他的说话也最多，所以常常受病人的讨厌被医生责骂。在白天陈兆老伯初抬进医院时，他就听见人们讲起关于陈兆老伯的历史，和陈兆老伯今天的行为。所以他对于陈兆老伯起了一种好奇心。在他的心目中，陈兆老伯似乎是一位喜欢暴动的英雄。这时他突然看见了陈兆老伯坐了起来，他也就兴奋了起来。他把自己盖着的被褥向脚下一扔，顺势半坐了上来，搭讪着和陈兆老伯讲起话来。

——啊，陈兆老伯……

——小兄弟，请你倒一杯茶给我！

没有来得及答应，他兴奋地用手把被褥一直推到脚下，并且立刻站了起来。他是一个瘦削的高身材的人。但因为困苦和忧郁的缘故，使他也带有矿工们普遍的饥馑的枯黄的脸色。散乱的长发，蓬松地披在他狭小的后脑上。他的左臂至今还用绷带络着悬在胸前。他抬起了腿，只用三步，走到壁间，很艰难地从壶内倒了一杯白水来，拿到陈兆老伯的手中。然后他退回去，坐在他自己的床上，静静地看着陈兆老伯贪食地饮水。

——他们说你压伤过腿吧？

他怯怯地搭讪上去和陈兆老伯谈话。

——因为压坏了腿，所以他们不要我做工了呢！

——我却炸坏了手，我不多几天就要出院了，但是我还得去做工，我真怕呢！

——哈，兄弟！再倒一杯水给我。

——我怕呢，我不知为了什么，我总是怕！我一想到要出院了，又得下地狱去了，我就怕起来，我就要流泪了。我非常难过！

他一壁谈讲着，一壁伸手接了茶杯，又走去倒了一杯水来。

——不怕的事情轮不着我们做！小兄弟，你打算怎样呢？

——打算？

陈兆老伯的突然的盘问，使他惊奇地张大了二眼，钉着前面。

——假使你不做矿工的话，那么你将怎样呢？

——怎样吗？我不知道，我想我终会要死在矿里的，不死在矿里就饿死在路上？

——那么你怕什么呢？你已经完全晓得了！

——完全晓得了？晓得什么呢？我什么也不知道，难道我就这样结果吗？我怕呢！

——那么你究竟怕什么呢？

他从陈兆老伯手里，把茶杯接下，走过一步把来放在桌上。

——我不知道怕些什么！

——不知道？

——什么也不知道。我不知道究竟为什么要做工，为什么要吃饭？好比说我今次被炸弹炸伤了，我想……我想我为什么不炸死呢，为什么现在又复原了？难道我必得做工，必得再挨受些痛苦吗？……我必得做工，必得挨饿，必得流血吗？……我怕！

——…………

—— 你为什么不回答我呢？你比我年纪大，而且你也经历过！

——我吗？这些个谁能知道呢，我想这决不是天意。

——我也这样想，但是有谁敢这样说呢？

陈兆老伯觉得有些头晕了，用臂膀支着床沿，轻轻地躺将下去。那年轻人帮着他把枕头整理了一下，仍然默默地静坐在他自己的床沿上，两眼直瞪着陈兆老伯。

陈兆老伯躺了下来，向他讥讽似的说：

——唅，那么你不要想些别样吗？好比你可以想着发了财，或则你做了官，或则你就做了总办吧……再不然……你就想做个无论什么，总要比现在这样好得多的。譬如你若做了一位老爷，那么……

那可怜的青年突然被打破了沉思，两眼不安定起来。他听了一回，觉得陈兆老伯是在和他开玩笑了。但是他再看陈兆老伯的脸色，却又不像是开玩笑的。他的脸色还是那么忠厚，那么庄严。只要看了他脸上多量的皱纹，就相信他是决不会开玩笑的。

——我能想些什么呢？——我不信我会比现在更好些了！

——那么你一定做过梦吧，好像你梦里做的一样。兄弟呵，你还年轻，你一定做过很好的梦，你一定还能自在地去想着。但是我，我只有这么一副骨骼也不完全了！我在年轻的时候，也会像你这样经历过来，我那时真会做梦，我什么梦都做过。我还做过皇帝！不过现在已经老了，老了。不中用了！

——陈兆老伯，你和我开玩笑了呢！

陈兆老伯没有注意到他的话，接着又加紧说道：

——梦是一定要有的。

——但是，陈兆老伯，你的梦呢？——我想还是不要做它来得好些！

——不，梦是一定要有的！

青年对于这个谈话没有生出兴味来。于是他截断了陈兆老伯的谈话，把问题转向别的方面去了！

——今天究竟是怎么一回事？

——他们说我是老流氓！

——我想你一定是好人！——但是你究竟想做些什么事呢？

陈兆老伯对于这个问题生出了兴味，他重新兴奋起来。

——我们能做些什么事呢？难道我们能做官，能做总办，能做老爷吗？我不过想公正地做个痛快吧了！但是我想公正是一定会有的。不过什么事都做差了！

——公正？

——哈，兄弟！我们做工，出汗，流血……我们以后还必得做工，出汗，流血……而他们这些恶鬼把公正统统吃去了！

——陈兆老伯，你骂人了呢！这算什么话呢，所以他们要说你犯法了！

——我犯了什么法呢，法是恶鬼们定出来的，他们因为要杀人，要吃血，所以这样做的。假使我能够定法律的话，就老实不客气只要一句话"不做工的没得吃"，其余一概都不要的。

——假使他们还要审判你，那你将怎样呢？

——还不是一样吗？他们不过要我的命，要我的力，要我的血吧了！我的力已给他们用竭了，血已流尽了，仅仅就是这一条老命了！

陈兆老伯突又提高了嗓音，接下去说：

——他们审判我你道是为公正吗？他们要这样做下去，是为了他们自己呀！

——我想你总归要吃苦头的！

——……

一切都静寂了，陈兆老伯也不愿再谈了，那青年只好重新盖起被褥，睡将下去。他还是喃喃地反复着道：

——我想你终归要吃苦头的！

——你真什么也不知道！——陈兆老伯的语调非常尖刻——你连自己的死活都不知道。你也不会做梦！你……你算什么呢？你真可怜，你什么都不知道！

他俩都静默下去了。他俩不知道是谁先睡着，或是谁都没有睡着，但是那青年却是长久长久两眼瞪视着房顶，在反复地想着陈兆老伯犯法的话头。

半夜里陈兆老伯醒了一回，同室的病人都还死一般地静默，只有轻微地翻身的悉索声，和凄凉的呻吟；在这一种空气内，使人会感到苦闷的锋芒的戟刺要起绝望的恐怖。那沉闷的空间，布满了混沌的幻灭的灵感。好像有一桩不可预知的灾祸即刻就将降临，这个不祥的祸患，充满着不可幸免的预兆，在这暗淡的电灯光下游移。

窗外的工场中，顺风吹来了一阵微弱沉闷的机器的隆隆声，使人觉得人是太柔弱而且懦怯了，而对于这不可幸免的灾祸更深切地承认，更增进了懦怯。

一切一切都很调和地沉入了这样的一种悲伤绝望的环境中。一切一切微弱幻灭的声音，深深地打入了陈兆老伯的心坎里促成了他的一声沉重的叹息。他开始想到了他失去了的几只篾竹饭篮，他的仅有的财产！

——我再从那里去找饭吃呢？

他在心灵中起了这一个疑问，但他没有说出口。

——唵，我怎的又来这里来了呢，这难道就是命运么？

回答他这些思想的只有隐约的悲伤的机器声。他的二眼直对着前面黝黑的玻璃窗，他觉得一切都在同样的命运中。这时他再也忍不住了，他的眼泪开始从眼眶中渗将出来。

陈兆老伯这时完全和白天两样了！他现在变成了虚怯，退缩，柔弱；他完全是一个无用的病衰的老朽了，他对于什么都没有用了，他对了一切都带着一付忧惧的态度而默然了。在这个时候，他好似一只柔顺的羔羊了！

白天的一切行动，一切使人兴奋的议论，他在这时全部遗忘了；好像白天的时候，他曾经发过一回疯，连他自己也承认，他的确是发过了一回疯。

他的二眼中，不住地渗着泪水，使他的视线模糊，电灯的光芒，分成无限条金色的细丝，混乱着他的视觉。但他不敢侧过身去避开电光，因为在他的身旁，睡着他的儿子。他终于不忍再瞥视他儿子一眼，他的儿子的苦痛，将会使他不能忍耐。

二十年以前，他还不是一个绝望的无用的人。他和一切人一样；有很多的梦想和骄傲的脾气。他的周身充溢着青年的血气，他的二眼中常常泛溢着真挚的欢喜的热情。他会唱许多动人的乡间的杂曲。那时他是抱着一种怎样的希望呀！——他虽没有想到他能够怎样舒服，就是说他没有起过怎样的奢望；但他长久长久能保持着一种年轻的自信的盛气。这一种自信心，他一直很珍贵地保存着，直到他的老婆死后。在当时，在每天谈话中不知不觉吐露出他的雄心来。每逢有人刻薄了他时，他就自信地唤道：

——你看着吧，总有这一天的，雏鸡窝里会出凤凰呢！

——而且他对他的老婆也常常这样说：

——你不要太把我看低了，薛仁贵不是住过破窑吗？

直到他为生活所压迫，不得不把他的儿子送入矿底下去做工的时候，他也没有失了他的信仰。

陈兆老伯在这样的无告的苦闷中，引起了他身世的悲哀。他忆起了他的可怜的老婆，她永久穿着褴褛的衣服，忍着饥饿，苍黄而无血色的憔悴的面容，眼中闪烁着饥馑的饿火，不断地带着病肺的咳呛，潜伏着一种由饥馑酿成的热病。

——我真是一个怎样无能的该咒骂的废物呀！

他这样地思索起来，这时他充满着惭愧和羞怯。也当自己是一个不可赦免的罪犯，于是他的忏悔和受罪之泪从眼眶中狂涌了出来，一直滚下去，延流到他皱缩了的口唇内。但是这一种羞愧，这一种污点，决不是他的眼泪所可洗濯的；他的泪只可增进他的烦闷和惧怯。

多少过去的事物，都注进了他的脑海。这些回忆使他苦闷，使他难堪，使他惭愧；虽则他竭力挣扎着，想把这些生物上的污点不要重提起来，重新苦闷他的待死的柔心。但他没有能力抑止这种感情的爆发，他完全失却了反抗的力量，好像有一种势力在支配着，必得要使他痛苦余生中还得受一番良心上的审问。

当他的腿压断的时候，他的老婆正病困在热病中。他的老婆在家里饥馑，挨冻。一天一天呻吟在贫病中。而他却呻吟在苦痛里，病院中！

三年以前，他曾经在这里这样地躺着过，三年以后的现在，还是这样躺在这里，一点也没有变化，一点也没有改善。这世界也是这样，三年以前，三十年以前的世界和现在的世界分别了点什么？矿工还是这样受苦，挨饿，出汗，流血。而且现在以后还必得受苦，挨饿，出汗，流血。谁不曾有过梦想，希望，但是梦想终于成了梦想，剩给他们的还不是统统一样吗？

直到他的儿子走来报告他的老婆死了的时候，他还是这样躺着在这里不能动弹。虽则他在那时也曾发拽过一次愤火，但是他的愤火值得什么呢！给与他的不也是统统一样吗？

他一直这样回忆下去，痛苦不绝地刺激着他。他的悲凉的身世，有谁能给与他一点同情，他的希望何曾实现了丝毫！他曾经对于他青春期的儿子，也曾建设过无限大的希望。他曾经这样自信过："我决不信我的儿子会和我一样的！"但是他的儿子现在正躺在他的身旁，也和他一样成了废人了。命运所给予他儿子的和他的分别了点什么呢？他们的劳力所得的报酬又是些什么呢？

病废了！他病废了，他的儿子也病废了！他回忆到他当时把腿医治好时，他跛了一只腿长久无所归依。他恨他为何没有死，他悲悯他自己的身世。难道说天给与他的责罚应如是深重吗？——这些使他的心灵苦痛的回忆，生命上的创痕，非常真确地在他眼前重现起来。当三年以前，他把腿医好了，走到事务所里请求再给他一点轻便的工作的时候，那些办事人对他的难看的面容。这一番他所受的侮辱，使他深深地记着，将一直带进坟墓去。

当时他曾这样说："我还是做工吧，我的力量还没有完，虽则跛了一只腿！好比说管理牌子，守门，或是驾御驴马。先生们，我总得要有饭吃才好！"

先生们的答话使他出乎意料。大概他们也在恨他没有死吧。

——哼！要你什么用呢？你这老废！

你有什么用呢，老废，老废！他们把我使用得老了，把我弄成残废了，于是对于他们是无用了，就不迟疑地把我丢弃了！但是我却必得去挨饿，受苦……我的气力所给与这世界的功劳呢？

从此以后，陈兆老伯是一个无业的游民了。他也没有职业可做，残废了，还能做些什么呢？他拿了公司中些微的津贴费，而每日沉醉在劣等的高粱酒中。

因为这样，他被人咒骂，为人们所不齿。有一次他走到事务所里领取津贴的时候，他们用了一付严整的教训的口吻向他说：

——你应该要晓得，这个钱不是给你喝酒的，你要知道，我们为什么要津贴像你这样的流氓呢！你得要有一点羞耻心，你简直太坏了！

有时说得更使他难堪些：

——你这老流氓，这拿了这个钱去喝酒，胡调，你要想想，你若把这些钱用完了，免不了要去偷盗，抢劫——你真是一个不可收拾的老痞。给你钱反转是害了你了！

但是有什么法子想呢，他有什么话好回答呢？只有忍耐着，忍耐着，虽则他的心坎里很预备回答他们几句话：

——哼，我比你们知道得还多些，你们配教训我吗？我虽像你们所说的一样喝酒，流浪，但这是你们迫我去做的呀。他们把我使用得残废了，于是把我丢了！我还能怎样呢？你们那知道什么，酒有酒的作用。酒可以使我昏沉，陶醉。假使我不喝酒的时候，我将整天想着你们是在怎样待我，你们把我当马，当猪……这样我一定要发疯了，发起疯来时，把你们统统打个精光，和你们结算一个总账。贼！你们才是贼，你们才偷盗，抢劫。你们的钱不都是我们工人的汗血吗？你们才惭愧呢，我来教训你们一下！

他仅仅这样想着吧了，却始终没有说出口。

这些回忆统统摆在他的面前，假使把这些事实一整结算一下的时候，他的得失是何等的不公平呢？他的所有的希望全已失望了，他自己是残废了，而且被丢下了。他整个的人被这世界所遗弃了，这个世界，他曾替它做了三十年的苦工，尽了三十年他所有的能力。那些亲手创过那世界的劳动者，却被遗弃了。而享受这劳动者的汗血所创造的世界者却并不是劳动者，而是压迫劳动者，剥削劳动者的另一种人。这些被遗弃的劳动者呢，他们挨在冷风里饥馑中呻吟叹息，在作最后的挣扎。并且大多数的被遗弃者，已经无声地默默地躺在地下了。

陈兆老伯就这样默默地茫然地把他的身世回想了一遍，这些回忆除给与他愤激，苦痛，侮辱，不平外，没有半点安慰。

他这时非常疲倦，但是怎么样也不能入睡，偶然回过头来，看见他的儿子的无血色的脸面，被微黄的电光映着更形惨淡。他的儿子还在昏沉中，不过稍有低微的呼吸，使他的胸腔低低地起伏。在陈兆老伯那边的一位年青的矿工，却已睡得很浓了。

第二天清晨，太阳光冒上地平线之前。陈兆老伯从矇眬中惊觉了。他张开了他皱缩枯涩的眼皮，向四面瞧着。他好像一只胆怯的山兔，想瞒着人们，探求一桩出奇的事物——在这时，一切病人都还和昨夜一样，有的睡得正浓，有的已坐在病床上，呆想着。室内充满了污浊的炭酸臭味，和几缕久结不散的淡巴菰的烟丝。玻窗上积着厚厚的水汽，似泪珠似的正一条条延挂下来。几声火车上的汽笛声，冲破了死一般的沉寂。在这里的人们，好像受了同一的暗示，都是这样暗淡地单调地不出一点声息。他们都静待着，好像等至上之神来给他们最后的裁判。

陈兆老伯也挣扎着坐了起来，他的气力似乎比昨夜增加了些。他起坐的时候，把弹簧的床垫震动得索索地响，引动了同室的人们的注目，他们都把眼光向他瞥了一下，又转向别处去了。

一切一切都还依旧，机器的响动声，仍是这样遥远地微弱地在奔腾。

突然病室的门静静地推开了，室内沉浊而且浓重的空气全部动荡了一下，各人的眼光，又不自主地换过方向注视过去。

走进去的是一位妇人，带着一付羞懦的怯弱的神情，回身把门重新关住了，静静地走将进来。她的苍白的颜面上，散布着几点稀疏的病肺的红斑，眼眶深深地凹了下去，围着二眼，一圈明显的青紫。她的枯黄的头发，包裹在一条粗蓝布手巾里，在耳旁露出了蓬乱的一束。缠小了的脚，支着瘦长的身体，使她走路非常不便。在她的腋下，夹着一个粗黑的手巾包。她看起人来，有一些斜视，在凝视的时候，往往把头轻轻地压到左肩上。

她进来了之后，很踌躇地怯怯地窥视着。她的狭长的头一直倚到肩上，右眼的黑珠，一直泛向上眼皮的深处。

——唵，陈兆老伯！

她和陈兆老伯住得相近，所以他们非常熟识。她说了之后显然是非常吃惊，半晌才接下去说：

——他们说你死了呀！

——谢谢你！大概苦痛尚未受够吧，阎王还不要我呢！阿荣嫂，你的丈夫在这里呢！

陈兆老伯的答话是颤抖的微弱的，并且两眼中滴下了泪珠。

她顺着陈兆老伯指的地方走去，她的丈夫就睡在陈兆老伯不远，和陈兆老伯同时被枪弹擦碎了头骨的那矿工。

他已长久不声不动地昏迷着——阿荣嫂带着一付不熟练的姿势，在她丈夫的床沿上坐下，侧过身去把他的头整理了一下，她又向她丈夫轻轻地叫唤起来。长久长久她的丈夫没有答应，只是微弱地，几乎听不出地唔唔着。

——不要唤他呀，阿荣嫂！

陈兆老伯用一付内行的口气阻止她。她回过她格外凄怆的面容看着陈兆老伯说：

——外面罢工了呢！

——怎么？罢工啦！

多少人都把眼光集中到阿荣嫂的脸上去，都显示着被突然的刺激所激发的神态。

——事情非常重大了呢，我们都一夜没有睡觉！

——唅！阿荣嫂，你把事情详细地告诉给我们听听！

一个中年的矿工高声地说。

——罢工了！还有什么呢？——他们昨天夜里统统在西山脚下讲定当的。谁去做工就打死谁！

——怎样的呢？

——你们不要尽问我是怎样的，怎样的！我们女人那里晓得底细呢？今天有许多人在四处路口守着了，他们要是看见谁来做工，就把谁捆绑起来。

这个消息一散布出来，凡是有知觉的病人都知道了。这个消息给与了人们沉思和疑惧。但是陈兆老伯却始终没有说一句话，发一点议论。他把头一直垂到胸前。那睡在陈兆老伯旁边的坏臂的青年，对于这个问题最感兴味。

——为什么要罢工的呢？你知道吧！

陈兆老伯开始仰起头来问。

——谁知道呢？他们你一句我一句地说了半天，就把罢工决定了，他们好像很能干的样子。但是罢工，我听见了罢工就要颤抖。上年不是也罢过一回工吗？结果开除了三百多人，饿死了许多妇人和小孩。

——就这样罢工的吗？

坏臂的青年问：

——当然就这样罢工了！

——我说……阿荣嫂怯怯地向着陈兆老伯说：——事情都是你弄僵的呢！

——我？……陈兆老伯颤抖了，面色突然发青。但是我没有说过一句话呢。他们都这样说吗？

——不是，他们没有说什么——杨才郎说看见你死了，还看见阿荤嫂打伤了额头抬进了医院，所以我今天跑来了——他们都说你太受苦了，他们都在为你悲伤呢！不过我想你总太激烈了。

——阿荣嫂，这难道都是我的过错吗？他们杀了人家的丈夫，人家的儿子！

陈兆老伯显然是像受屈者的伸冤的叫唤。

——陈兆老伯，我想罢工总没有什么好处，我们都得饿死呢！

——饿死吧，饿死也是天命。我们本来何曾吃饱来？

说这话的是一个中年的矿工。

——那么你真赞成罢工的了！

那坏臂的青年突然带着一付辩论家的口吻开起口来。这时他非常高兴。

——怎么我是赞成罢工的呢，你说？

——我怕做工，但是我也怕罢工！

坏臂青年受挫似的低声说：

——好比说，罢了工总没有什么好处的，他们也不会因我们罢了工就会饿死！

——谁铸成了这样的错误呢？谁都没有教他们罢工，谁都不赞成罢工，谁都怕罢工，但又谁都怕做工！这是什么呢，天哪！

陈兆老伯打破了沉思，突然叫了出来。

在多少人都沉思时，陈兆老伯的儿子轻微地把身子震颤了一下。

陈兆老伯突然敏觉地机警地翻过身去，轻声唤他儿子：——狗儿，狗儿！

这时室内的电灯熄灭了，早晨的阳光开始从薄暗的玻璃窗内透了进来。室内顿时暗淡了些，各人的面貌模糊了，一切的人，好像浮动在浓雾之中。

——唅，狗儿，你的父亲在这里呀！

那坏臂的青年，听见了陈兆老伯在唤他的儿子，他又感到了兴奋，站将起来，走过去给他把被褥整理了一下。

陈兆老伯的儿子被过分的痛苦和麻醉剂的催眠，长久地昏睡着，身体软弱得一点气力也没有，他不过在被褥里轻微地震动了一下。

太阳渐渐明亮起来了，室内渐渐回复了原有的光明。虽则是光明了一点，但是这一种光明中总带有点幽暗的色彩，涩滞的调子。

在这样的沉默中不久，给一阵隐约的幽长的呼号声打破了。室内的人们，都把注意力转换到这一种呼号声上去。

声音近来了，渐渐地分明了些。这不是一二个人的叫啸，却是成千万人的呐喊。一种骚扰的混乱的状态，一听了这声音，就可以理会到这实际的状况了。

坏臂的青年突然跳了起来，跨着活泼的步骤走了出去。接着有几个能够走动的病人都跟了出去。

正当这个时候，陈兆老伯的儿子又翻动了一下，口里响着低弱的唔唔声。

陈兆老伯带着一种不可遏止的感情侧过身去，他对于这样的经验实在是太多了，他急切地知道他的儿子的病态入于一种不可救治的地步了！他对于他的儿子的痛苦深受了感应，却又无缘故地激起了他的勇气，使他从床上一直翻滚到地板上，但他没有能力站住，他竟伏倒在地上了。

其余的病人能够走动的都出去了，留下的只是不能动弹的可怜者。当他们看着陈兆老伯翻滚到地下的时候，他们只给了他一点同情的呐喊。他的儿子的颜面映在太阳光里显着焦灼的发热的深红，一对微睁的眼珠，染着深深的鲜赤，面上起了斑纹。这完全是疾病入了垂危的征象。他的表情是蕴着沉郁的苦痛，不屈的意志，好像要和一切奋斗似的。

走过来的只有阿荣嫂一人，手足无措地惧怯地震颤着。她虽想竭尽气力把陈兆老伯扶起，但她没有这个气力。

陈兆老伯半坐在地上，他的两手伏在地板上，他奋起了仅有的气力，拼命向着他儿子的那方面爬将过去，他的手指使劲抓着粗糙的地板。

外面的唤声愈加迫近了，差不多已近到了病室的窗下。

陈兆老伯的儿子，在他的喉管内缓徐地抽噎着短促的气息，在这气息中，夹着多量的痰塞的呼呼声，两只眼睛紧睁着，已经看不见有黑睛了。

——狗儿！陈兆老伯昂起头叫喊着：——你不要把我独自抛弃在世界上，我的力尽了，我的泪干了，我的血涸了！我现在只有你了！你给与我希望，你给与我梦想。你等候我死后再死吧，听我呀，狗儿！

刚才走出去的病人，有的奔进来，他们没有注意到陈兆老伯的动作。

——唅，事情变大了！这完全是暴动，他们都向着事务所去了，他们要和这些老爷们公公正正结个总账呢！

——听我说，狗儿。陈兆老伯幽灵般的声音又继续响动起来。你听我说，我们是做了一个怎样的恶梦呀！你等着我一块儿死吧，本来我们的恶梦要醒醒了。你听见吗？外面喧闹着的是怎样的一种声音呀？现在一切都反常了，我们的恶梦该是完结的时候了。狗儿，你来听了一声赏心的欢声而死吧，你不要这样糊里糊涂地死呀，狗儿，假使你就这样死了，不是太不值得吗？你生在恶梦中，而你又死在恶梦里。这样，你所得的痛苦未免太多了呀！

他们走将过来，把陈兆老伯扶起。他的身子剧烈地颤抖着，他不自主地从人们的臂膀中滑脱下来，身子扑在他儿子的床上。

他的儿子已经气绝了。

——死了，不意我还得要看了我儿子的死才轮着我！啊……天所给我们的痛苦未免太深了……我们所得的责罚未免太重了！……但是我们究竟犯了什么罪呢？……

陈兆老伯用死力拥着了他儿子的尸身，高声地呼唤，好像要说给全世界听似的："你这样生了，你又这样死了！你被他们推到地狱里给石头压死了。你的一生中没有过半点愉乐，你却受过过分的痛苦，你度着非人的生活。你一生流着汗，淌着血，挨着饿，而你又在痛苦中，流血中，挨饿中死去了，你在临终的时候也没有得着半点安慰。狗儿，你究竟犯了怎样深重的罪过呢？你的汗，你的血，你的气力一点也没有报酬，难道你为了来这受一番残酷的极刑而生的吗？天哪，我们的希望呢，我们的愉乐呢，我们的爱呢……你一样也没有付给我们啊！"

窗外的人声加紧起来，一种杂沓的不安定的骚扰围住了周遭。

——啊，他们在这里了！

坏臂青年跑进来报告消息。

他们探听得总办躲在这医院里，他们已把这医院围着了。事情变化得这样不可收拾了呀！

接着进来的是厨子老照和几个医院中的用人。老照带着不注意的样子，走向陈兆老伯这里来。

——老兆，这真是一个非常的暴动。现在却又罢工了，事情变动得这样快，而且是这样混乱。但他们都说是你指使的呢！总办派人来要把你抬上去审判你呢！

但是陈兆老伯的身子已经僵直了。他的两臂还紧搂着他的儿子的尸身，他的两眼直对着他的儿子无黑珠的眼睛，他的鼻息中只微微地呼吸着，但他没有听见什么，也没有看见什么……

矿山祭

I

薄薄的雪花，盖满在河沟和土丘的阴处，雪面上散布着一层稀薄的尘土和煤屑，全个旷野，都笼罩在一色的灰白里，尤其是严冬的凋残的景象，使人起惨淡的凄怆的感觉，这样的早晨，谁都有点不大高兴。

远远的山峰，还遮盖在厚厚的浓云里，像贪眠的孩童，在温润的软褥中未醒；淡漠的天空，躲在浅褐色的朝雾中，世界充溢着不可思议的神奇。

道上的湿泞的泥土，虽已给昨夜严冷的西北风刮得异常地坚固了，而昨天的行人所遗留着的脚印，还深深地留着不平的印痕。

愈是相近工场处，道路愈是坏，在高低得过分厉害的地方，简直要使人绊倒。早晨的浓雾又永远是这样深沉，天气又这样坏。

当阿茂从工场里蒸发出来的水汽中望见那挺立在隐约浓雾中的大烟突时，早班火车已经从叠山脚下蜿蜒而至了。火车的轧轧的机声，突破了静谧的旷野，一直扩展开去，向着远山和空间的深厚的水汽碰击着，发出一种骚扰的回响来。顿时，天空里混淆起来！

他越过了山谷间的小溪，走近火车铁道旁时，那火车机头正拖拽了长长的车厢从他面前飞过，并且挡住了他的去路。一刹那间，猛烈的啸吼，突然地刺进他的耳鼓。他站住着，静静地等它驶过去。

那车头所拖拽着的是无数的空的运货车厢，这是拖到矿区去装运煤炭的；在那车身的末了，照例挂着一辆客车。仅仅一二个旅客，这时正斜倚在靠背上打盹。

阿茂突然感觉得一种不自然的疲乏，伸了伸他的两臂，好像一只睡醒的猫儿，懒懒地眯缝着他的两眼。等到他把眼帘重行睁开时，火车早已隐藏在浓雾中了，留给他的是一阵带有恶臭的煤烟。那空着的，无尽长的铁轨，好像被人遗弃在道旁的一条无用的马鞭。

时候还是这样子早，这总是不大爽快的时候，工场里的电灯还亮着，不消说，太阳是一时还不会出来的。

他随手把瓦斯灯顶上的放水孔的塞子拔开，想把筒面上的水灌注到电石上去。但是水已经冰结了！

说到他的瓦斯灯，倒也很别致的。这是化了三个铜元从旧货担上买来的一只细长的洋铁罐，在铜匠那里装上了一个点火的灯嘴，化了五个铜元。点起来的火光，当然不下二元一角买来的日本货，只是装水量不多，放水的活塞不大灵活，并且没有盖子，水容易冰结罢了。这一回他就上了当，筒里的电石乏了水，不多时以后，火光就渐渐熄灭了。

本来满路都是荆棘的山路，又兼他手里的灯熄灭了，使他更难于走前去了。他用尽了气力，从一些小石子堆中，爬上了山坡的高处。在那里，从枯树的丛枝中，能望得见全个工场。那里的密密的微红的电灯光，像遮盖在淡云中的疏星。这在重浊的水汽里，更显出荒凉来。他凝视着，然而又不得不顾及到他的脚下有没有什么东西会绊倒他。

在他的面前，正是一带密密的路灯，转过了爬河的支流，延着大路一直连接到第三坑去。一路上的职员们的住宅，很整齐地排列着，从薄纱遮着的玻璃窗里，闪烁着红绿色的电灯的光芒。这些高贵的先生们，还在沉睡着呢！

阿茂在黑暗里彳亍着，山路的难行，于他倒还没有什么介意。他觉得今年似乎是太晚了些，这在他是过于不快了。因为在他上工去的时候，从来不曾碰见过火车的。

所以他害怕起来，他怕工头的责骂，或则是粗大的木棍压到他身上来。尤其是去得太晚了会领不出工作牌子；假使是这样，那才是冤枉哩！甚至再倒霉一点，牵连到上个月的罢工风潮上去，这些开柜的先生们正恼怒着，为了一点点小事而开除个把工人，那也是可能的事呢。

惧怯使他振作了一下，昂起头来向着山坡冲将过去，他的两眼直对着前面职员们的别墅式的住宅，想：

——死路一条！死路一条！

职员们的住宅里，引人起肉感的红色的电灯光，向他闪烁着，轻薄的窗纱招展了一下。正是甜眠的时候，还早呢。

II

阿茂是日班工人。他每天早晨五点半钟以前就得到矿坑里去接六点钟的班，一直到晚上六点钟落班，至少六点半方能重新回到地面上来。每天总得有整整地十三个钟头，伏在三百多米达深的地层里。

说起来，他是好多年不曾看见过太阳了！

想想看，早上的五点半和晚间的六点半都是没有太阳的时候，就是在日子长的时候，他也只多不过能见到太阳的西沉，或是东山间的一点微光。

有时为了经济过于困难，还得打个联班呢。

打联班只要他们愿意，那是再好没有，这对于工人和资本家都是有利的。因为工人打联班，可以省了上坑下坑的浪费的时间，这里至少可以多为公司做一个钟头的工。这虽则是为数不多，但在雇用着成千百的资本家的算盘上加起来，也到不算是一笔小款子呢。

在工人方面说：譬如当日班的工人，他的两天中间本来是休息着的那一夜，也可以算作一天而取得工资了。

所以谁都愿意来上一个联班，只要有一天精神特别爽快，或是多喝了半斤白干以后。然而这样一来，就得在三百米达以上的地层底下，整整地要伏三十六小时以上呢。当然，这是不管他了！

阿茂今天穿的是一件破旧的学生制服，是一件从古董铺里买来的小学生的学校制服。这一件深黑色的劣等毛呢制的制服，现在几乎成了一块灰褐色的麻布了，呢上的绒是早就落完了。下面穿的一条裤子还是单的，上面的补缀，却可使它成为夹的，甚至再夹的。裤子的本身的颜色，这时恐怕连阿茂自己也忘记了，因为补缀上去的布片，有各色的材料与各各不同的色调。

他的全身上遮盖着一层深灰的煤屑，和昨夜未曾洗掉的深黑色的泥土。头上紧扎着一方蓝布的头巾，这块蓝布，我们倒也不妨说它是褐色的来得妥当些。他的最出色的是他脚上穿的一双粗布鞋子，又结实，又整齐，大概他老婆费了好几个整天做成的哩。

这时严慄的西北风，向着东山间猛烈地啸吼着。宇宙的万象还是在不可知的浓雾中沉埋着，阿茂开始感到分外的冷峭，身子颤抖得厉害，他抱起了两臂，紧紧地压抑着胸脯，两肩耸起着，跑起快步来。他的带有点热气的高粱煎饼紧夹在腋下，瓦斯灯挂在腰带上。他跑得太快了，瓦斯灯和腰际撞击出低微的响声。

他转过了山谷的溪流，相近工场的边界了，在他的迎面，一尊庄严的白石纪念碑现在他的眼前。围着那座石碑，筑着带有尖刺的铁丝网，工场就在这里的山麓下。一走近那里，就能闻到一阵刺鼻的强烈的硫磺味，和听到不断的机声的轧轧。

他在纪念碑的脚下过去，那里是一条栽有整齐的护道树的大道，两旁建筑着精致的别墅风的洋式房子。那里没有一个人留在道上，只有几个洋房子里的守门人在扫净门前的落叶，风景是这样的清幽，虽则是围墙上的爬墙草都已枯萎了，然而一带的红色的砖瓦，还饶有别致。

他蹑着足走了过来，转向纪念碑的前面去。那座高大的白石的碑碣上，嵌着奇大的黑字，他虽则不认识字，但他知道，这是"供养塔"。

在这塔下，堆积了无数的工人们的白骨。这高大的白石块压着的工人的白骨，何只有几千？但是现在还是每天要死着人，常常还会有烧了灰的尸首望塔底下送。

阿茂把头骄傲地抬起了一点，他不想去多看这可怕的东西，向着山坡下面的职员们的住宅直冲下来。

因为天气寒冷的缘故，贵人们的叭儿狗都还关在生着炉火的卧房内，所以没有东西扰乱他的思维，他尽可低下头走他的路。

大道上清净得很，没有一点脏的东西。护道树上的枯叶，也很少有得飘零下来。他走过了几家别墅式的洋式房子，经过了一道矮墙，来到了俱乐部前面。

他赶快走了几步，越过了俱乐部的门首。不是他不愿看俱乐部，因为他昨天晚上来偷过一次柴草，有点心虚。

走过了俱乐部，是工场的入口处了，他斜着身子挨到牌子房口去。

从枯秃了的树枝头上望过去，俱乐部的红房子隐在槐树林中，屋顶上面露着供养塔的一角。他凝视着这些，他心里想着，或则是晚了，怕领不到工作牌子，那才是糟啦！

——啊，死路一条，死路一条！

III

阿茂昨夜一夜没有睡觉，而且做了一次贼。

他昨天的六点半钟才从三百多米达深的地层底下吊上了地面，回到家里已经是七点钟了。这时他的一个十一岁的儿子已经上工去了。他的儿子是挖煤的矿工。

说起来好像是笑话；他们是父子，是同事，尤其是在同一个坑洞里上落的，但是他们的见面的时候简直是没有。

昨天夜里，阿茂披着洒满了雪花的破制服，提着快要熄灭下来的瓦斯灯走进家门的时候，黑暗早就把地球密密地包藏着了。他站在门外，先把身上堆积着的雪片抖落了些，鞋子上沾染着的泞泥括尽了，然后轻轻地推门进去。漆黑的屋子，映着他待熄灭的瓦斯灯光，显现出一付可怖气死（似）的。他在屋内站了一回，身上依然是这样冷，全身不住地发抖，上下颚的牙齿击出怪响的声音来。屋后的窗洞上糊着的报纸已经破了，被朔风吹着，发出可怕的扑朔声，雪片时时从破洞中飘进一片二片来，在窗前的篱缝间堆积了一厚层。

　　他的妻子静静地躺在床上，阿茂推门时虽是竭力弄得轻轻地，但他推门时兀自震动得芦草编制的墙壁轧轧地发抖。他的妻子呻吟起来；他的瓦斯灯光随着他的视线同时落向她的脸上，看见她的骨骼突出的脸上泛着些殷红的斑点，紫涨的双唇，鼓起在一个瘦小的鼻子下面。一付懦怯的，带着深沉的痛苦的脸上，露出一丝笑意来。她避开了瓦斯灯光的突然的刺激，把眼光注意到阿茂的脸上来。她的眼光是失神的，带着哀求的神气，和对于生的绝望。这里包藏着无限的苦楚和一点残余的泪珠。

　　阿茂慢慢地去摸着煤油灯，把瓦斯灯上残余的火焰移近去点着，再把瓦斯灯挂到壁间去，让它自己熄灭，他把事情做完了，叹了一口深长的气。十三个钟头的疲乏，就是这一声叹气是他调摄的妙剂。

　　暗淡到使人生困的煤油灯的火光，映射在阿茂的疲乏的黄瘦的脸上，在他脸上盖着一层深黑色的煤末，好像是一只野兽。他的全个颜面都是黑色的，只有一对白眼珠和二排白齿在暗地闪闪发光，异样地可怕。

这时他的小的孩子兀自睡在麦秆的床垫上，破棉絮的被褥中，伏在母亲的温润的乳峰上扰动。阿茂走近一步去，伸起他漆黑的粗糙的右手，想法去摩抚他的留有几根黄毛的小头。母亲举起左手来把孩子紧紧搂住，失神的被心火烧红了的两眼斜钉住阿茂，止住他的粗笨的行动。在这样的挣持之下，小孩骚扰了一下，并且哭泣起来。

——嘻，这小子！

阿茂温润地，好像微笑似地矜持了一下，他仅仅说了这一句。没有什么话，他知道是太莽撞了。但他竭力要想使他的笑延长，因为当他十三个钟头的疲劳之下，没有能使他恢复精神的愉乐。

他不自主地，又伸起他的两臂来，想把孩子抱起。

——啊，你老不给人安静！去，给咱倒杯水喀！

他的妻子有些发怒了，然而他并不去倒水，他还是直站着，两臂始终不曾落下来。他是渴想着要抱起孩子来，并且亲一下吻。虽则他也很同情于他的老婆，他并不是不愿意给他老婆倒水，然而他始终是木偶一般站着不动，好像有一种势力支配着他。

——你发疯啦！给咱倒一杯水来喀！

她开始不安定起来，两眼钉着他，有些迷乱的神经变态的神气。

但是他还是不动，木偶般不动。

——给咱倒杯水哩喀！听到啦？唅！

她发急了。

阿茂真是疯啦？他仍旧不曾动，仅仅把两臂落下来，微笑了一下。

她已经忍耐了好几点钟的饥渴了，阿茂又引得她过分地发起急来，烧红的两眼，射起不可遏抑的怒火，很艰难地挣扎着坐了起来，摇动着正在哭泣的小孩，带着几乎要落泪的样子恳求他：

——我求你喀，不要傻，给咱倒杯水。

阿茂似乎是不曾听见，他一屁股坐到床上去，伸起两臂把孩子抢过来抱在手里，他的脸上始终不断地浮着微笑。

孩子在他父亲的手里哭泣得更厉害了。她伸过双臂去把孩子夺了过来，用左臂把孩子搂着，紧紧地压着她前胸，并且伸出右臂，来把她丈夫向外推了一下。

她的烧红的眼眶里，晶溶溶地，一等机会眼泪就会夺眶而出。

阿茂从床上站了起来，不由自主地，他打了他的妻子一记巴掌。

结果是三个人一起哭了一场完事。这是谁的过错呢？有谁晓得！但是只少阿茂和他的妻子都有些后悔。好在他们是吵闹惯的，他们的生活每天都是在同一个方式里，吵闹和打架也并不算得什么一回事。

阿茂真是有些疲乏了，打了一个呵欠，给他的妻倒了一杯清水，这时，他才回复了原状。

——石大夫庙里的仙方是灵验的，否则，到他妈的医院去吃一包药面。

阿茂接过他妻喝完了水的空杯说：

——仙方？药面？你再给咱倒杯水吧。你知道，没有钱啦喀！

——那么吃仙方，明天去打个联班，多得他妈的一吊六百钱，还不够香烛黄表啦喀？

他又倒了一杯水给她。

——哎呀！饿死啦，打联班！

阿茂本来有些饥饿了，因为刚才的一阵喜剧把来忘却了。他早晨上班的时候，因为存着的煎饼不多，仅仅只带得十张。他十点钟时吃了五张，三点来钟又吃了五张。

说起他们在矿底下时的吃饭来，真要使人可怕。矿底下没有一点清水，仅仅从石缝里渗出来的不断的泉流，在坑道旁边的小水沟里流着，这里混带着多量的炭屑和便溺，他们就掬着这样的水来润湿着喉咙，嚼着冷而硬的高粱煎饼以维持他们的劳动力。

这时给他的妻一提及饿字，他才记起他正是饥饿着，于是走向那只被烟熏火燎得成为黑色了的白木箱前掀起盖子来。

——没有了哪！早晨你仅留得十四张出去的，孩子拿得十张去，俺只有四张，幸亏还有两张不曾下肚，在这里！

他回身把他妻手里的两张煎饼接来，狼吞虎咽似的望嘴巴里塞着。

——妈的，这小子，拿八张不够么？饿肚子的时候就到啦！

他喝了口清水，似乎感伤起来了，站在屋内不知所从起来。两张薄薄的煎饼对于他显然是不够饱的。

他带着怨妄的口吻，反复地说着：

——他妈！饿肚子的时候就到啦！他想：

——啊，死路一条，死路一条！

IV

他在室内站了一会，肚子饿总是没有解决的办法，尤其是明天上工去的食粮，孩子回家来，和妻的明天的食粮统没有了。起先他还踌躇了一下，后来不迟疑地拿起他朝晨浸好在水缸里的高粱，放到屋角间那架石磨上去磨。

他的妻口里哼着睡歌，摇动着孩子催他入睡。但是孩子格外奋兴起来，非但不想入睡，反而看着他爸爸用腰部推转着石磨上的木棍，像老牛似的不断地转圈，吆呼起来，摆起了两臂，作着驱牛的姿势。

工作了整整十三个钟头以后的阿茂，回来更被饥寒交迫着；他于是想起了仙人故事，有一架石磨，把它推动一下，什么东西都有哩。这当然是不可能的事情，他惟有先得把高粱磨细。他的病着的妻的呻吟声，和石磨摩擦着高粱时所发的郁闷的单调的声响，却得到了同情的谐和。

屋内是死寂的静谧，夜深的寒气更矻人难受，惟有格外兴奋的孩子，不给他们一点安静。

——他妈的！有半斤高粱酒才有意思。

半斤高粱酒，这是他这时候的仅有的愿望，也是仅能的愿望，然而这也是不可办到，他的微弱的语音，随着转动得很匀称的石磨的单调声一同埋葬在死寂的空气里。

这时他的妻儿渐渐入睡了，在他推着石磨转过来直对着他妻睡着的床上时，他向着他妻的苍黄色的面孔想：

——老婆，嘘东西……ch！

其实他始终没有想到他的老婆是个什么东西，老婆究竟是个什么东西！

论到他的老婆。当然，他的老婆和一般中国人们所有的老婆一样。他们也要接接吻，搂着调一下情，然而他始终不懂得老婆是丈夫的玩物这一句话。至于爱情，那除非给他另外换上一付脑袋才会懂得。他也不会领他老婆上俱乐部，他又说不来情话。他只晓得老婆有两样用处：在他上工的时候，老婆可以为他预备吃的和穿的。在兴奋的夜里，可以发泄一下性欲。但是他所以娶妻的缘故，却还并不是为了这两个目的。他是因为每个人必得有个老婆，不然就是和尚了。所以阿茂也不能算例外。

阿茂不断地围着磨子打圈儿，不知走了多少百转，总算把一小钵高粱磨细了。于是拿起烘煎饼的鏊子来，预备烫煎饼。

这在他说起来又是死路一条。他发见他屋子里已经没有一根柴草了。

——他妈的！

他踌躇了很久，于是开开门来，冒着风雪，想到高家坟上偷松枝去。

V

走在路上他才想到高家坟上的松枝早就被人偷得差不多了，而且松枝不利于烘煎饼。于是他想到了俱乐部背后那个麦秆堆子。

只要一捆就够烘今夜的煎饼了。

于是他绕了一个弯路，从北门那面一个破铁丝网里钻进了工场去，一个人也不看见他，他偷偷地走到俱乐部附近。

一走近了那里，迎着他耳朵冲来一阵乐声，和使人兴奋的鼓掌声。这真使他太扫兴了，他想，他妈的又是什么跳舞会！然而今天又不是什么礼拜六。

走了这么多的路，又是这样冷的天气，雪花还是不断地在天空里打着滚。假使这一回还要空手回去，那未免太不值得了。他振作了一下，或则有个机会可以下手，抽捆把麦秆大概不是难事。

然而，再没有这样不凑巧了，在他所注意的那个麦秆堆旁挤满了偷看跳舞的人们。

——糟啦，死路一条！

他也挤了过去，他想或则有机会还可以下手。

在那里挤着的都是些俱乐部里的厨子，工场里的守门人，更夫，还有几个住在近处的矿工和顽皮的孩子们。

谁都没有想到他是怀着怎样的来意，他也就装得很泰然地挤在人们的背后。

他随着他们的眼光，同时望进俱乐部的玻璃窗子去。他一点也没有得看见，那玻璃窗子正用紫红色的厚绒遮盖着，在玻璃上积着厚厚的水汽。因为室内外的温度悬殊的缘故，玻璃窗上的水汽积得简直是太多了，甚至像眼泪似的成几条地滚落下来。玻璃窗的外面的窗框口，积着一点雪片，一些融化的水分，又冻结起来，结成几朵美丽的花纹。

有人告诉他说是煤矿公司的总办来了，他们开欢迎会。他于是更挤前了一步，从厚绒窗帷的缝隙里，想鉴赏一下这位总办的颜色。

虽则他不能过细地看得清楚，但是他至少可以看到了里面的情形。

他没有找出那一个是总办来，要之，他是不喜欢这些。

——老是这一套，男子搂着他的老婆，妇人抱着她的孩子。这有什么意思，笑得这样子大声，叫得这样子高兴。

——而且，都是那么样装腔作势的，把一个臂膀那面一弯，这里一勾，仗着他们室内的暖热，把衣服脱得这样光光的，粉又涂得这样厚。都是这样不要脸！

他真是老不高兴起来：——她们的说话又是这样扭捏地，说得这样轻软，尤其是这样尖声。真是要不得，她们的喉咙里一定是生了疮，否则何必定要这样不爽快。

——譬如说：你要走过去，那你就直截痛快跨前去好哩，何必定要去拉一拉裙子，把屁股摆得那么厉害，而且头还要左一扭，右一弯，一把孔雀毛——管他妈的什么毛的扇子，在下雪的时候还不曾离过手。

——这些家伙，成天到晚忙着，忙着从那个太太那个小姐那里辗转学习些时髦的姿势，时髦的话句。一到开什么跳舞会，欢迎会的时候拿出来展览。

——再没有这样糟哩，要那样子装腔！她们的头又不曾租给人家，但是偏要这样子不由自主。

——成天干的么？这些家伙！那样子的风骚，我阿茂就不要。

——无论叫谁说，这是不是要叫人呕吐的？这里一弯，这边一摆，走不动路可以去住医院，又何必在这里卖风骚，撒娇。

——幸亏，我的老婆还不至于这样，否则，两个耳括子，去！

——说吧，这些没有用的家伙，那样没有用的，嘻嘻……

——还有这些歌声哩，这算什么？

——这是肉麻！肉麻！再没有适切的字眼来形容了。不是他们都生了神经病，为什么要发出这些颤抖的声音，而且又是这样没有意思。谁要听这一套？

——还有那些这么小的小姑娘也学得这样坏了！从她们母亲哩，姊姊哩那些地方学得一身羊骚臭，也是这一套，脖颈是铜丝扭着的，再望下弯一点要断下来哩！

——而且离不了这一套：

——妹妹我爱你！我爱你！

——ch！谁爱你？

——成天到晚学这个有什么用？三个铜板也换不到。

——不是说，我虽则不是什么红党白党，那一回罢工的时候他们唱的什么：

——我们是工人和农人的少年先锋队！还有什么：

——起来，起来，起来！

——打倒这些吃我们血的忘八蛋！

——这些真要好得多！这才是歌，可以高声喊一会，而且是这样有力量。

——这些真是忘八蛋，她们偏要这样唱！

——啊呀呀！啊呀呀！

——这难听不难听！

——说到男子，那更糟！他们的眼眶里不是被苍蝇生了子，为什么偏喜欢看摆屁股？

——这些卖淫妇，身上一丝不挂地，男子们看了真要倒霉！

——算了！

——他们这样清闲！

阿茂看了半天。其实他是刻刻在留心着什么地方好下手，偷了一捆麦秆就溜走！

但是这里是没法弄的了，还是到高家坟上去抓爬些松枝。

他把破制服的领子望头上提高了一点，风雪还是这样大。他吐了一口痰，向雪堆里冲前去。

——他妈，又是死路一条！

VI

现在不妨回过来讲到阿茂上工去的事情。

当阿茂走进了工场，领到了工作牌子，他才舒散地叹了一口气。

——天哪，幸亏还不曾落后！

于是他欣然地向里面走去。在路上，他撞到一个守夜的更夫，一把抓住了一个偷煤炭的女人在毒打。一堆二斤来重的碎煤，从那女人的衣兜里散落下来，布了满地。

阿茂向他们唾了一口痰，轻轻地骂：

——他妈的，看街的狗！两斤碎煤又值得你打！

但是他飞快地走过了，他不管这些闲账。

工场里的喧闹真使人不快，尤其是烟突里不断地大声叹着气，冒着一股股浓重的白烟。升降机的橹像煞有介事地竖立在雾汽中。能稍微看得见上面的那一付轮轴在不断地来回旋动。铿铿的铃声，和铁索上下的磨擦声，又嘈杂又急促。

这正是换班的时候，所以升降机特别来得忙。

这时成千的矿工们正挤满在工场上。有的已经领到了电石，在安置瓦斯灯，有的正坐在那里聚谈。或则为了一点点细小的不惬意而群起喧嚣。

这里真是烦杂煞人！

阿茂先去领了点电石，把瓦斯灯安置得妥当了，经了工头的催促大家排起队伍来，一个挤着一个，站成一长条，逐个逐个挨着先后向着地狱的入口处拥挤进去。阿茂被挤在中间，慢慢地被后面人推着向前。顽皮的工友们吹着驱牛的呼啸声以取乐。一些孩子们常常被挤到队伍的外边去，或者被踏落了鞋子。

他们好似木偶似的被推动的上了楼，他站到铁门前面，呆看着那架升降机拖拽着一条无尽长的铁索向三百多米达深的地底陷落。

挨到他了，他照例低下头，钻进那钢铁铸成长的方匣中去。那只铁匣分成四格，可以容纳四十多个人，那铁匣从地下带上来的泥泞和水分，夹着浓厚的铁锈，像大雨似的滴了他满身。他缩着身站到铁匣的角隅，由它带着他像飞箭般降下地去。

仅仅一分钟的时间，他被带到三百六十多米达深的第四坑道，他跨出了铁匣，身子还觉得有些晃荡。

今天他是做打洼子的工作。打洼子的工人一伙有八个，由一个工头率领着，向着深到不可计算的坑道出发去。

阿茂跟在他们的后面，经过了一段装有电灯的水门汀[1]的坑道，接着是无尽长的黑而深邃的石洞了。洞里用木棍支撑着，在木棍的中间，槎枒地叉出无数怪石来，或则是未挖尽的煤块。底下铺着小石子，煤屑，水分太多了，泞湿得厉害，而且很不平整。坑道的中央，两条并排着的轻便铁道，不住有驴马拖着的炭车在上面驶过。假使来往的炭车走在一起时，几乎使行人无从躲闪。

坑道里一点光线也没有，只靠手里提着的瓦斯灯照着身旁的一圈，稍稍能辨认道路的去处。

他们走的那一条还是正支的大道。大道的四处都有分歧出去的小坑道来。这一条他们叫它大马路，一直伸长出去，有五六里以上。阿茂低着头，默默地走着，有时因为腰酸了，偶尔一抬头，就会撞在木架子或叉出的石块上。

一路上很少会碰到个把行人，偶然有条牲口拖拽着好几辆联接的炭车啸吼了一声，又向着无尽的黑暗中消逝去了。车上的御者斜蹲在车厢里，一路上高声吆呼着，以防撞倒了行人。一盏淡红色的瓦斯灯高高举着，左右恍荡，为马和行人指路；那一点的红光，有点像天际的流星在中天陨落。车辆去后，留着车轮轧着铁轨的巨响，和御者的叫唤，在这六面不通风的坑道里有好几分钟的停留。

---

[1] 水泥。

坑道里的空气沉闷得厉害，到处笼罩着一层不散的淡白的烟霭，使人们的呼吸不得畅快，尤其是从路旁的腐烂的木架上发出的霉酸味，简直是熏人欲吐。道旁的排水管和小水沟，流着带有便溺的脏水，阴湿处生满了嫩白的霉蕈。

在这种地方走着，真会使人联想到死去。废墟里的墓道，我想就是这样！

阿茂走得闷热起来，把破制服脱下来披在肩上。

他们一伙人走了很长一段路才逢到一列空着的运煤车，那列煤车由一头强横的牲口拖拽着，御者用尽了他的气力，才把缰绳勒住。那头粗鲁的动物，好像也知道它的被幽囚在没有太阳的地底的不平，蹈着脚，从两个粗大的鼻孔中喷着白烟，兀自不肯向前跑。

工头凑那列煤车停顿的机会，纵身跳向车厢里去，唤了一声"打票"，接着他们一伙人一齐跳了进去，蹲伏在车厢里。御者吆呼一下，一条皮鞭子一扬，那狂暴的动物才愤然地飞奔向前路去。

煤车一直驶到一个转弯处才停下，那是一条最远的支道，狭小而且低矮，要把身子蹲伏下来方能勉强通过。再向前去是出煤的坑底了，那里槎枒着嶙峋的怪石，无数小木棍支撑着，人爬在地下来，仅仅能够钻进去。里面有三个八岁左右的孩子在挖炭，他们都赤裸着全身，睡在煤堆上，瓦斯灯衔在口内，一只盛煤的竹筐安置在身旁，左手牵着竹筐的带子以便移动，右手执着一柄小铁锤，轻轻地捶击着压在他胸上的煤层。他们过分地小心做着，假使捶得太重了点，一大堆煤屑倾圮下来，就得要把他自己的生命葬送了。

在煤车停下来时，两个孩子像蜗牛似地爬行出来，煤筐拖在背后，瓦斯灯用牙齿紧紧咬着。他们把满竹筐煤块倒进车厢里了，重新再爬向石层下去。

阿茂俯下身子来向里面张望着，紧紧靠着模糊的瓦斯灯的光芒是不会发现什么的，他只听见里面煤块崩下来的声音和孩子们的带有乳音的调笑声。

——娘啊，这真是死路一条！他妈的，还有什么好笑！

他们一伙人没有休息，一直再向深处走去，把前一班工的未完的工人程继续下去。

VII

他们捎起了铁锤和开山斧来，钻进到坑道的终点去。那里被炸弹炸毁下来的石片石子狼藉了满地，坑口是异常不整齐，尤其是带有尖角的石壁常常会碰到头上来。由石隙间漏下来的水滴像下大雨似地淋着。他们一齐吆呼着，举起钢铁的家伙来开凿前去，钢铁碰到硬石块上发出火星来，石块奔圮下来吼出了巨响，这地方使谁都不大敢近前去。他们在工头的监视下工作着，地下的气温过高，使他们满身流着大汗。

经过了好几点钟的工作，凿成了五个深深的石穴，把五个炸弹装将进去。

他们把用具统统搬运了开来，再把火线点着，然后躲到炸力不到的地方去，候这炸弹的爆发。

一伙人在远处的坑道角上蹲着，相对着痴笑了一阵，一刻儿，一个炸弹爆发起来，巨大的响声震耳欲聋，一股强烈的火药臭味，在窒塞的坑道内不住地打着回旋。接着是第二个，第三个，一齐爆发起来。在坑道内充塞满了乳白的浓烟，像洪水一样泛流了满处，石块的崩裂声，石子碰击石壁声，好几分钟才停止。

几分钟过后，还有最后的两个炸弹终于还不爆发。照时间计算是不会爆发的了，也许已和别个炸弹同时爆发了，也是常有的事情。于是他们重新整起队伍来走前去察看。

一伙人提着瓦斯灯默无声息地向那白色的火药浓烟中冲向前去。走近爆发的地方，碎石和石片堆积得使人不能走路。

——呀……火花！

走在最前头的那个工人吆呼起来，回转身拼命又逃回去。

他们也回身跟他逃回来。

阿茂虽则也死命跟着他们逃出来，但是他的自制的瓦斯灯因为放水孔不灵便，灯嘴容易闭塞的缘故，经了他走快时的剧烈的震荡，火光立刻熄灭了！

碎小的石子在他脚下绊着他，几次几乎使他翻倒。他只见他的同伴们的灯光飞快地向前滚动，他就消灭在黑暗里了。

他什么也看不清楚，好像六面都是紧压下来的石壁，把他逼住了。

他觉得没有一条隙缝可以使他暂躲一下，使他神经错乱起来。

起先他还吆呼几声，但是不会有人来拯救他了！

他死命望前冲上去，不管会撞到在什么上碰碎了头颅，或是

114

石壁，石堆，木架，炭车……只是死命的冲向前去，用尽了他所能够用的力量。

在最后的挣扎之下，他才高呼起来，他的多年结蓄在心底里，不大敢直喊的一桩心事，到这时才敢抖起了全部的勇气喊：

——死路一条，死路一条！

VIII

这一回炸弹的出乎意料的爆发，总算是万幸，还不曾把他的生命致死，然而那带着他走了大半生的死路的那两条腿，却整整地给他炸去了一半！

但是无论如何，他的路还没有走得尽，不管是生路还是死路！他在医院里住了一个多点月，他就要想到支着拐杖到院外去走走，实在是每天这样的沉闷的生活于他是太没有滋味了，虽则医院里能供给了他的食宿，每天躺在床上看一回天花板，他也想过，就是这样下去总可活过这一辈子，妻儿们也只好硬着头皮不去管他，然而还没有到真正死的时候，总不情愿在这里等死！而况在他的腿一离药，他就没有再住下去的资格了！

虽则是独只腿，这一只腿总要带他去走些路。

正是将近年底的时候，气候是寒冷到了极顶，松林的荫下和山的北麓积着融化不尽的雪片。天还晴朗，满空中一色的蔚蓝，只有几片白云在争飞。人们正都热中于矿山祭的高兴的典礼，弄得医院里冷静到无人顾问，除了几个躺在床上的待死的病人之外。

就因为远处送来的欢笑声把他激动了，想到拖着一条不完整的腿去挤个热闹。

今天还是矿山祭的第一日，在西山的东麓上已经架满了临时的店铺，时候太早些，戏台上还没有开幕，在那里拥挤着的只是些远近的农人和妇女。

他爬上西山去，在供养塔前晒太阳。

一个月多点关紧在病房里了，今天能一直跑到西山上来晒太阳，这对于他不但是喜悦，那简直是过分高兴了。他的面孔直对着挂在中天的太阳，一种新的喜悦在他脸上苏生起来。

他走路并不觉得十分困难，也许是过分兴奋了的缘故。他拖着一根木块，几次搬动了坐处，才找到一处比较温暖的地方，在他的下面，浮着群众的头颅，供养塔在他的后面。

供养塔今天装璜得特别漂亮，当然，今天的盛大的典礼就是为了装点这几块冷石头。围着那座塔的铁丝网已经拆掉，四面供奉着美丽的花圈，前面挂着万国旗。总算是几块石头出足风头，或则是石头底下的枯骨出足风头，这不要追根究底，要之一切都很漂亮。

阿茂也得意起来，他昂然地坐在高岗上，看着山下的人海。他一点也不羡慕他们有两条腿，理由是他也曾有过两条腿，而且是一条腿还一样可以走。

戏剧还不开幕，他招着一个过路的朋友来闲谈。

——麻皮！你不要在我面前装人样儿，我阿茂不过少了一条腿！

——你要客气点哩，今天且不和你吵嘴！

——算啦，坐下罢！

——你走路便当罢？……这是快活日子，大家客气点！

——还是第一天走路，这且不要管他，总算从医院里到了这里啦！……你不要笑，你两条腿也是走路啦，俺算倒霉……俺说，路才有两样！俺和你都是走在石头上都走了死路！还有人走在小姐的肚皮上，是活路！……俺和你走到尽头，喏，走到这块石碑底下，每年给你装个花圈，是逼死！还有人死在女人的肚子上是该死！算啦！你不要夸你的两条腿！俺和你都是死路一条！

——算啦，那么你可以走你的老婆的肚皮上去，死到你老婆的肚皮上去！

——麻皮总是死不听话，这是譬喻呀！我问你，我们有没有活路？

——这些话有耶稣堂里的神父讲。我总不想上天堂，入地狱也不害怕，老实说，地狱是每天去走走的……那就好了，你这缺德的缺腿，还有什么路？……怕入地狱的只有发财人……俺和你，嘛，一条路！

——麻皮！你凶嘴，俺曝光你这小麻皮！……谁想入天堂？你说！

——你不想入天堂，你就想走小姐的肚皮，算啦，你把枕头垫高些做你梦去！缺德。

——那位麻面的矿工很适意地尽量嘲笑着阿茂，并且返身来招呼着他的过路的友人们：

——哈，开戏还早哩，这里坐一下。

——麻皮，你不要凶嘴，你压到这几块冷石头底下的日子近哩？

——德缺，在一个月以前我早就和你拼个死活，你在太阳下咒什么人？……算了，现在饶你是一条腿！

人数是愈聚愈多了，放假的矿工们都陆续地跑了来。时候也已不早，在装饰着花圈的布棚子里，公司里的职董先生们有些在那里吃起茶点来了。

就在那崇高的白石纪念塔下，工人们和高贵的职董先生们遥遥地相对着。本来是过于热闹了的一个广场，加上他们两个集团的谈笑，喧嚣，空气是被他们激荡得这样活泼，这样惹人欢喜起来。从青岛和济南方面装来的一班妖冶的日本艺妓，在多少带有一点晦气色的矿山中，格外来得引人注目。两脸有些微醺的高贵的先生们，多少是被这迷人的环境醉昏了，在十一月的太阳光下，这算是少有的风光了。

这个节日，对于矿山里的人们，无论是属于那一方面的，这总算得是少有的高兴的事情。职董先生们发狂到出了常轨，工人也得到了难逢的恣意享乐的机会。

谁会想到这装点得这样好看的白石塔下好几千付白骨，矿山祭哪里算得是为了这个，这不过是行乐的机会。

就在这谁都不曾顾及到的时候，阿茂得了他说话的效力。起先他几乎和那位麻皮打起架来，至终才开始述说起他的意见来。

——就拿俺阿茂来说：迟早是要归到这几块冷石头底下的！……不？放你的屁，你小麻皮，老实说不是苛刻你，你，算了，谁不是总要死掉的，在矿坑里做工的，终结是死在矿坑里！……谁敢说个不字？……但是这不是命运，这是根本倒了霉，我们算是一辈子在走着死路！……不要闹，听我……穷要穷得死，冻要冻得死，饿要饿得死，一天到晚，从生到死，这样做工还不是死，算了吧，那一条不是死路？我阿茂断条把腿还算不曾触霉头到底！……你呢，麻皮，死的机会正多哩！哼！你不是他们大人先生，你就和阿茂走在同条死路上……死了以后呢？看，每年给压着你的那几块冷石头装个花，挂些旗。算了，麻皮，你在俺面前狠到那里去？……你算得什么，这还不是拿来骗小孩子的，假使你麻皮有本领，你可把这些日本妓女抱个来这里玩玩！你看，这还不是他们在开心，那里是为了你们，你想？你把眼睛闭着做梦去！……不是俺阿茂在这里吹牛，这是要本领的，你干么？我告诉你，地底下的煤不是什么人定造在那里的！我们的人更不是什么人定制在那里的！……还有什么话，完啦！俺阿茂不吹牛，要干就干，什么都没有用，俺挖着煤就是俺的，你小麻皮挖来的就是你小麻皮的……告诉你学学乖，你小麻皮的本领也有着，不要看轻了自己。

——不？俺阿茂不是自己吹，苦也苦得，累（劳苦的意思）也累得，还怕什么鸟的蛋！……老实说，死路不通要走走活路看。干不干，干的俺们就来一套！

——告诉你，不和他们算一笔总账，至少这些都是俺们的！你说，谁从妈的肚子里带了点什么来？

十一月的阳光下，虽则是带有点寒冷，然而为周遭的人们过于兴奋的缘故，也就不觉得是严冬了，这里有些初春的景象。

人们都在昂着头要等戏剧的开演，但是不见有什么动静。

时候是到了，西山上的一大批矿工们却在骚动起来哩。

职董们呢，正在和远来的妖冶的女人发着疯！

这总不免是一个非常的节日！

他们都迷失了路

（Fiction Sketch[1] 两篇）

[1] 虚构速写。

一 他们不让我活也不让我死

在我们的那个纱厂里，有一个在打包间里捆纱的老头儿，年纪已经六十开外了，身体倒还结实，大家都叫他做阿四，工人们有时叫他做四叔。我到了这家厂里足足有四个月了，我从来不曾听见那老头儿开过一声口。谁都知道，阿四是不爱说话的，除了在必要的时候说几个字之外，他简直是个哑吧！日子长了之后，人们也就不觉得他的奇怪了，只是新看见他的，有时要以为他是一个异乎常人的怪物。然而他并不比一般人两样点，只是上帝赋与了他一张能够说话的嘴，而没有赋与他说话的能力罢？

通常，他是庄重的，带有一点使人起敬的相貌。然而他并不严厉，并不使人见了生畏；却反而是使人觉得可亲的；要之，他是一个和蔼的老头子。他的一对和猫儿眼色的黄褐色眼珠，闪着耀人的光辉，见了人总是很亲切的，热烈的注视个半天，好像在什么人的身上都带有他遗失的东西似的。

在无人的地方，他是枯寂的，只要没有人去扰他，他可以镇日地枯坐在屋隅的黑暗的一角，不断地吸着烈性的淡巴菰[1]。他对人的态度是真挚的，虽则不免有点大意。然而这大意倒并不显出

----

[1] 香烟。

他的骄傲来，在他的眉目间，似乎表示出他已经参透了人世的迷，人们对于他的一切的动作，在他看来似乎都是早就知道了的。要之，他是忠实的。

在这个工场中，谁都不大晓得他的底细。照普通纱厂工人的规例，工人总是住在厂外的，而只有他是例外！他在门房屋的侧面一间破房子里安着一张铺位。这一间屋普通是用来栈煤炭的，他就在煤炭的空隙中支着三块薄板，上面铺些破被絮。在他的床底下，生长满了带有霉腐臭的蕈类。在下工的时候，他总是坐在那个板铺上的。看来，他是孤独的，他从不和人家说笑，从不想在别人的谈话中插声嘴，似乎他有点蠢气！

很久很久，我对于这位奇怪的老头儿，总怀着一种好奇心。我实在并不曾看出他和其他的工人们有什么分别，然而总觉得他是出乎常情以外的。我曾这样问过旁人说：

——阿四究竟是怎样的一个人？

他们也并不以为我问得突兀，似乎很有许多人这样问过了。他们答：

——一个平常的人。

接着他们又想了一想，带着讥嘈的口气说：

——他是有点傻气的！他很怕事吧？……不过，他是一个好人。

我曾经这样问过好些人，所得到的答话，仅仅只有这些。似乎他们并不曾对他注意过，他们是从来没有交涉的。

在七月的中旬，纱布的销路很不好，所以厂里把夜工停止了。

一到七点钟放工以后，工场里寂静到了极顶，工友们都回家去了，职员们统统跑到前面运河沿上纳凉。那时候，那位诚实的老头儿阿四，照例拿着一柄长扫帚出来打扫庭院。他并没有半点声息，好像他并不知道人家统统到外面纳凉去了，好像他觉得人家都睡得正浓，他一声不响地，扫带拖得很匀净的括扫着庭院里的垃圾。他穿着一件白色的单褂。满身流遍了汗水，在他的脸上的皱纹里，积满了细小的汗珠子。他却并不叹一声气，只是扫着，或则在廊下坐一刻，吸一回淡巴菰。

我正从浴室里出来，在日光刚刚移过，现在正被厂房的阴影盖着的庭心里，看着他打扫。起初，他照例注视了我一回，接着就默默地做他的工作，他并不想说一句话，一点也不偷懒，好像并没有人在他的旁边一样。等他把全个庭院统统打扫干净了，把扫帚放到墙角里，然后坐到阶沿上再去吸他的烟。

经了半天的踌躇，我决意请这位老头儿一同登上厂房屋顶上的凉台去。在那里，可以望得见四周几座工厂的全部，和不远的那条运粮河。风从南面的隐约处的那条海面上吹来，经过一片长着稻的平野，拂着我们俩的头发。这里比较平地上来得凉快些。老头儿不住地用衣袖来拭干他额上的汗珠。

起先他怯怯地，带有一点对我敌视的神气。我似乎觉得他以为我带他到这里来怀有不利于他的意思。等他把汗擦干净了，才平静了一点，轻轻地说：

——这里凉快一点。

他的语音是如此之轻微，好像对他自己私语似地。他仍不想说话，接着又静默了。

就在这炎夏的轻风里，我听到他的历史。

——现在，我是不中用了！然而，我像这样地不中用，仅仅不过五个年头吧了。这一世，我还不是和通常一样地过了这一辈子么？您要想听我的历史，这是徒然的；我的历史并不比别人来得古怪点。在您，这或则是一种好奇心，然而我能够给您些什么呢，实在是我的生活太平板了，我只可以告诉您说，我是这样活了过来，很平安，很顺利。

——我想，您是要在我的身上发见一段惊人的，或是富有趣味的故事的罢？那您是要失望的。我告诉您，先生，我的过去和我现在一样。

——在四十多年以前，那时候我还是一个强壮的，红面孔的乡孩子，我却一点也不顽皮，从来不知邻家的孩子打过架。我每天帮着我的母亲织土布，纺绵纱，有常时跑到运粮河岸上玩玩。替客人背行李，弄几个小铸钱。我的父亲是早就死了的，在我的记忆中，我不大记得他是怎么样的，据说，他为人家撑船，死在海里。

——在那个时候，我却是快活的，我很勤俭，很规矩。就是远近乡村里的人，都这样称赞我。当他们问我母亲说：你家的阿四真好呢，真能干。你吃苦了多少年，总算得了好报！当我的母亲听了微笑时，我也就满足了。然而我的母亲总还忧郁着，因为在我的上边，我还有三个哥哥，但是他们都在海里死掉了。母亲相信，我的三个哥哥在世，能够把她弄得更好些，所以她每每怨恨着老天爷，并且不再放我到船上去学水手。

——也许是我的运气就是这样好起头的，因为我没有像我的哥哥一样，没有像我的几代的祖宗一样，我没有被那可怕的海涛吞没下去，我一直活到了现在了！然而，我也仅仅不过是一直活到了现在罢了，我的运气不见得好啊！

——在我们村里；在我们所习知的几户人家之中，都异口同声地称赞着我。他们说我勤俭，耐苦之外，他们还加着说——你的运气真不坏呀！他们好像有点羡慕的样子，合村上都把我拿给他们的小孩子做榜样。因此，我的母亲，甚至我的已死了的父亲，都得着了一个"好福气"的荣耀的称谓。

——不消说，我是很可以自负的，我自己也这样觉得，我比村上的什么人都来的好一点。而且我还年轻，我一定还有我的更好的前途，就是三先生——他是一位有名望的人，在我们的村镇里；他也这样称赞过我：好好地干罢，孩子，将来一定有好日子过。由于这样的一个赞许，母亲才决意把我送到学校里去读书。她相信，读了书一定可以改变我们的命运，我们的从上祖传给我们的命运。……在我的读书的期间，母亲真是受尽了百般的辛苦。她已经是老了，然而她还必得要挣扎着去找工作做，好比洗衣，缝纫，以及别的一些的零碎工作，她找了些钱来养活我和她自己，还有我的学费和书籍费。虽则她是这样地辛苦，但是她一点也不怨恨，她深深地相信，我是会给她一个好日子过的，我可以逃出我的传统的命运了！这个信仰，她是始终没有怀疑过，一直到她死。虽是很有些人来讥笑她，说她在这样的苦难当中，还要把一个儿子送到学校去读书，人们很刻毒地加了她一个妄想的恶名。但是她却一点也不以为意，她是深深地信念着的，命运是决不是像一般"人"这样刻毒的东西。……在那时，我也是一个很懂得的孩子了，我自信我是能和大人一样地聪明，我很潜心着读书，先生也很称许我。但是我不知道先生的心里在说什么。假使他是比我聪明一点，他一定会阻止我上学的，试问，在一个乡村初级小学里毕了业，对于我们穷人有什么帮助？我想我的先生没有这样的聪明，他倒还尽量地鼓励我，把我当成学生的模范。……所以我倒这样想，我被一般聪明人当成了村镇中的儿童的模范，学校中学生们的模范，我想我长大了，我一定可以当成其他一切人的模范哩。我想我的想头是没有差，先生，我倒是穷人的模范哩。

——在我从乡村小学校毕业的那年上，我的母亲得了肠胃病死了。其实她是老早就应该死的了，总算因为我读书的关系，她勉强为我挣扎了四个年头，一直等到毕业，她终于是不能支撑了。她临终的时候，她深深地叹了一大口气，她把她四十多年来郁积在她胸怀里的不平，穷苦，冻，饿，气愤……到这时才敢大胆地吐了出来！先生，你是聪明人哩，你会知道她的意思的；她是完成了她的一宗公案，她的一生的辛苦是要换得我的一辈子的幸福的；她的一人的勤劳是要换得我们这族人此后的运命的转变的。所以她是到死也相信着，她的企图是会成功的。

——然而，我这一生所给我的是什么呢？自从我的母亲一死以后，我是什么也没有了，我是一个单身汉，更没有什么亲族，没有半点遗产。那时我还是一个不满二十岁的小孩子，然而命运决定我是要用我自己的体力劳动来养活我自己了。就在那年，我找着了一个织工的位置。那是一家专门织丝一类东西的小厂家，现在丝带已经不销行了，除非在僻乡里还能找到这样的厂家。在那里，我当的是提花工人。你会晓得，现在的丝织厂里是用花版和散综来织他的花纹了，以前的提花是全用人工的。那是要用些十余岁的小孩子蹲在织机上面，全靠这孩子的聪明来拉动那机上的综，才会织出花纹来的。我自信我还聪明，我能够织全幅的梅花袍料，和提丝带上的商标及厂名。虽则那是一个怎样困难的工作，爬在那织机上连搬动一只腿都不可能，可是我很平安地过了三年多点。那里的老板——那是一个生肺痨病的老头子，他常常对我说：小四，你倒很聪明，你得要尽力一点，我会给你更好的工钱！我是很尽力的，我一天做到晚，甚至吃过了晚饭，在灯光底下我还要做工。那时候我们做工是没有一定时间的，在老板的意思，凡是他雇用着的工人，一切的时间通通是归于他的，那时候就是我自己也是这样想，然而我这样地尽力，我还是希望着得好一点的工钱。

　　——不过我在这家厂里，我没有能够做得长久。我在那里做了三年。这三年是规定的学徒时间，尽你是能够学会了提花能够像师父一样地能够做工，他是不给你钱的。仅仅是每个月有三百文的月规钱，年节上有一千文的压岁钱。就在这三年快尽头的时候，在我满希望着能够起薪水了的时候，就在近处开办起大规模的纺织工厂来了。他们用机器来纺纱，织布。他们织起来的绸缎，在花色方面比我们精致了，而且价钱也便宜。他们织得非常快，一个人一天可以织好几丈绸缎。在那个时候，于是盛行起所谓织机缎来：还有半纱半丝的洋缎，价钱更来得便宜。这样一来，给了我们的小厂以致命伤。在那家工厂开办得不多几时，我们的老板含着眼泪把我们辞退了！我就这样过了三年。我很勤谨地学到了提花的手艺，结果是不曾得着一点薪金；更是我所学到的手艺完全是无用了，我仍然是一个一无所有的孩子。那时候我是快到二十岁了，我只好穿着我母亲给我缝的旧衣服；在那时穿起来已经是又破又不合身。我又不得不想法重行去找事情做来维持我的生命。

——这期间，我曾流浪过一些时，我和一些流氓们合在一起，住在野庙里，——我们本来是没有房产的。白天出来跑到码头上和摆渡口为旅客背行李。肚子饿的时候，到菜馆里弄一点残羹冷饭来充饥。在那时候我想，我的母亲是做差了，她不应该把我留在家里的，她应该送我到船上去学水手，那是我们几世祖传的行业，好几世前已经注定了我要死在海里的，我当然也逃不出这传统的命运。我在这时有一种偏见，我觉得死在海里或则会比饿死在街道上来得舒服些。当然，这仅仅是我的一时的偏见，在饥寒交迫的辰光，一个人的想头总是不大合理的。然而我总是免不了一个死，或是冻，饿，死在海里，死在街路上，这都是一样，我想我总不会逃得出这命运的圈套了！不论母亲是对的，或是差的，要之我的命运是早注定了的。

——在那个时候，我是深深地相信有命运这个东西的存在。我相信它（命运）能够支配一切，它到处可以施行它的权力，这绝不是凭人的能力所可以逃避的。……我只好挣扎着，在那个时候，我真是不敢有半点怨言。虽则到现在想起来，我不免要失笑起来，但是在那时候的情形，我想你是不会设想得到的。

——谢天谢地，我的流浪生活没有过得长久，我在那家新成立的纺织厂里找到了一个小工的位置。你要知道，这倒是一家很发达的工厂哩，仅仅只有半个年头，他们由一万支梭子增加到五万了。那里的工人，倒都是熟悉的，他们都和我一样，大多是从几家小小的丝织厂，线毡厂……里转来的，那些小小的用手工纺织的厂家络续有得倒闭，那里的工人就络续跑到这里来找事情做。其余就是些坐在家里用木机纺纱织布的女人家，也纷纷跑来做接纱头，摇纱等等的工作。在这时候，我觉得我的运道又好起来哩。我不要一天到晚去做工了，我们一天做十个钟头，而且有一角五分钱一天的工钱——这里现在比起来当然是不对哩，那是情形不同。尤其是远近的人们统统在这里做起工人来，在这里当一位工人，在我们的村里真是一个优缺呢。

——我在那里给他们搬棉条筒，搬运棉花包，到晚上来了，回到我的舅父家里去睡觉。我的舅父是解包机上的工人，舅母和二个表妹在摇纱间里做工。我得来的四元半钱的工资把四元钱给舅父，作我的饭食住宿等费用，那半元钱，我是要积起来做衣服穿的。我想我们在那里做工，一点也没有危险，机器是很匀称地很自傲地奔动着，工人们也没有饿死的忧虑。然而这却出于我意料之外了。当夏天的时候，因为太闷热的缘故，工厂里流行一种瘟疫病，我的不幸的舅父就死在里面。

——从我的舅父死后。我的舅母家里少人支持，她决意把表妹给我，并且立刻就结了婚。从这时起，我的生活又从新开始我新的式样了。我不再是一个小孩子，而是有了老婆了，要负担起家庭的责任了！

——起先我倒没有起怎么样的恐怖；我照常一样，每天拿一角五分钱，我的妻一角二分，我们很可以生活，我的岳母等等都照常一样地做着工，我们很快活，不消说，像我们这样生活着，倒还有一些钱积蓄起来呢。这时我又恢复了我的童年的乐趣，我一点也不担忧，我又交了我的好运罢！

——然而这样的日子，并不能让我过得长久。讨了老婆一定要生孩子呢！当我过这样的日子不过半个年头，我的老婆的肚子渐渐地膨大起来哩。我看着她的肚子一天一天地向前膨胀，我就一天一天地觉得寒悚起来，先生，我又有一个人来向我要饭吃了！从这个时候起，我才是真觉得有责任放到我肩胛骨上来了，这决不是替客人背行李一样，背到了一定的地方就可以放下来收钱一样，这是一条索子一样要把我终身锁着，只要这小孩子一生下地，那我就被判决了无期徒刑哩。尤其是我断定像我这样的经济能力，我是养不活他呢。在眼前的话，我的老婆生孩子的时候，她只少一个月不能做工，孩子生下来，只少要把他养到七八岁才能出去做工。天晓得这一回事，我是给鬼弄了，在我的头脑里钻进一种想头：我要怎样死法？还是痛痛快快地寻死呢？还是为小孩子，老婆累死！我想我总不能活的哩！

——由于这样的痛苦，使我从家庭中逃走了！我不知道我这样做是不是对的。但是我想，我的老婆或则会把那孩子养大起来，像我的母亲养大我一样，她会告诉那孩子说：你的父亲在你刚要生的时候就跑走了，像我的母亲告诉我，我的父亲死在海里一样不算得一回事。或则我的老婆会从新嫁一个男人。我想这并没有多大关系，我的理由是我只有一角五分钱一天！

——那且不说，我的流浪生活又重新开始起来了。我渡过了那条海面，我跑到上海去。

——我初到上海，我是一个傻瓜，我什么也不知道，我什么也不懂，这些高大的洋楼，我是有生以来所不曾见过的，那里的一切的情形，都是我所不习知的。那里的人又那样多，在马路上闲逛的太太小姐们又是这样漂亮，我真不知道他们是吃什么的呢！在晚上，我找一家小旅馆住下，我在那里哭了一夜，我是后悔我的出走了，或则我是恐惧着我会饿死。我又想到，这也是我的命运么？那么我何必走出来呢，我倒是饿死在家里来得好些，在外边我会成一个路倒尸呢！……白天，我从早至晚的荡马路，有时候在玻璃窗口张望半天，有时候像煞有介事似的在马路上跨起大步来。我在那里看见各式各样的人物，我不懂得他们在做什么，是不是他们会像我一样地没有事做？然而他们大多数又穿着得这样好，我想他们绝不会丢弃了他们怀着孕的老婆而到上海来的。

——命运还要我做什么呢？我在上海住得三天，我已经没有钱付我的栈房钱和吃饱我的肚皮了！我想我只有死了，然而人又这样多，我想他们绝不会让我钻在汽车底下或是投在黄浦里的。他们不会让我死，他们也不会会让我活下去。我想我只有待到饥饿到不能再忍时，向马路上倒下就死去，他们就会把我当成得了瘟疫病而不再麻烦我了！就这样决定了，我在马路上走去走来，几乎把每家的店铺都背熟了。然而一到中夜时分，马路上的行人稀少了，只有几个巡捕孤立着，他们有点使我害怕，我就跑到乡下去。我想做个路倒尸倒是倒在乡下来得好呢，省得倒在他们干净的马路上给得万人讨厌。……然而我倒因此得到了一个新的教训呢。当我在商埠的近郊处走了一转，将近黎明的时候，我跑到荒野去，那时候天空里还是黑得厉害，面上觉得有点湿润，大概在下着晨雾。我沿着一条乡间的官路上走去，渐渐地冷落起来了，那些高大的洋楼已经落在我的背后很远了，只有道旁有一堆茅草棚，这很像我们江北岸的蜗居，我想，这样漂亮的上海，倒也有这些穷人住着的呢。于是我安心地走着，我希望能够碰着这里的一个人，问他们在这里怎么样生活的，或则我可以像他们一样能够得着一碗饭吃呢。

——你看，这真是凑巧哩，我从野冢堆里走过去时，突然有一条绳子套上了我的脖子，当我想大声嘶喊时，绳子已经紧紧地扣住了我的喉管，我只觉得我的身子已经被另外一个人背着往后走了。这时我难过到了极顶，全身的血液像潮涌般一齐往头顶上冲，喉咙里觉得奇痛，一口气渐渐地微弱下来，再不能从喉头呼出了！慢慢地我的心飞跳着，我要昏迷过去了。我却不知道这时候应该作什么想头？但我的血澎涨着，我已经没有知觉了！一直到我快要死的时候，那个人才把我放了下来，谢天谢地，我还没有死。那个人细细地认着我，他似乎也有点懊丧，他转过身预备走了。却给我一把将他的腿抓住了。他惧怯起来，预备逃走。我连忙把他唤住：唅，朋友，你不用怕哩！他惊愕地站住着。我又喊起来，我的喉头作着痒，声音有点嘶哑。唅，朋友，这算什么呢，你背了我这样多路？他还是惊愕着，他或则以为我在和他开玩笑呢。停了一刻，他又回身走了；我又把他唤住了，很正经地问他：朋友，你会知道我是不伤害你的，请你告诉我，这样背我究竟为了什么？大概他是当我傻瓜呢，他起先有点失笑，但他回答我的时候是带着忿怒的；他说：傻瓜！饶你的狗命，我两天不曾吃饭哩！一个穷蛋，在这样晚走到这里干什么？给你老子闹玩，再碰到可要你的狗命！他走开了半天，我还躺在那里不能动弹。我想倒还不差，这是一个奇遇，他给了我一个好教条。两天不曾吃饭……要你的狗命！不差哩，就是这样，只要备一条麻绳，我也一天不曾吃饭了，到晚也算两天哩！

　　——到了晚上，我拿了一条麻绳，我也干起来了。在这一天以前，在做工吃饭之外，真不晓得还有这样一种吃饭的法门呢！在这样宽阔的美丽的大马路，漂亮的夫人小姐之外，不晓得还有这坟山堆里，两天不曾吃饭的人蹲着呢。这且不要说它，我在一座坟山背后蹲着，蹲着，从天一黑就蹲伏在那里，等单身的人过来，我不知道等待了多少时候，但是没有人来，只有一次，是两个人一起在走，这反而把我吓得抖悚起来了，我仍紧紧地伏着。我一直伏着，伏着，天啊！是他在愚弄我呢，还是这所谓命运？我看见一个单身汉走来了，我就愈加抖悚起来哩！怎么样？两天不曾吃饭，一条人命！是鬼迷了我，我真的拿了绳子从坟堆后面爬出来，跟在那人的背后。但是他还是一个小孩呢，先生，他不过十五六岁。我跟着他走，我的心猛跳着，我疑惑我心跳的声音会使他听得出来。然而我还没有忘记我的绳子呢，它似乎要从后跳出来一样，几乎我没有能力去捏住它。那孩子回过身来看着我，他又坦然地向前走了。天哪，一条人命，两天没有吃饭！……终于我手里的绳子套上了那人的脖项，我反过身来就飞跑，好像有人在追着我一样。我一直向荒野的小路上跑去，在那里我很不熟悉，以致时时跑到人家种着麦的田畦里而几乎绊倒。那被我背着的那孩子的两脚，猛烈地在我的臀部踢着，喉咙里发出怪响的痰塞声。我还是飞跑着，像发了疯一样。一直到我再没有力量向前

134

走了，我才把他放下地来，他已经是死了，湿漉漉的血和唾沫在鼻孔和口里流出了不少，于是我搜他的身边，他没有什么，仅仅只有几个铜板，大概他是从那里做工回来。啊，我知道，我是做得太笨了！

——我想，我在那荒野里是不会有聪明事体做的，我只可以在大马路上拣一个漂亮的绅士或是太太小姐们背来，才够使我发财，只少也够我养活我的孩子了。然而那里有巡捕，监狱。他们为保护有钱人起见，已经设备得这样周到。

——我真太笨了，我守着那个已死的孩子，我并不想逃走！我想，这也是我们命运么？我杀了人也是命运么？命运能有这样的能力？那么命运还要叫我做些什么呢？这些都是我所想知道的，但是没有人来告诉我！

——虽则没有人来告诉我，我自己却很知道。我有三条路好走：我可以跑回家乡去，和我的妻子一齐饿死，或则做一辈子的杀人犯！此外就是跑到官厅去，去坐监牢。然而命运终于不曾说话，它究竟要我怎样做呢？据我自己的意思，我不想再回去了，因我已经逃出了这一条路；我也不想再做杀人的事体，这于我没有多大好处；我很想到官厅去呢，我想知道聪明的审判官要说些什么话？

——于是我重新把那小孩子的尸首背在肩上，跑向热闹的地方去。在那里，我被一个警察抓住了，他带我到警察局去，在一位官员面前受审问。我告诉他：两天没有饭吃，一条人命的理由，他傻到一点也不懂得，他发着火，拍着桌子，真像一条野牛。他说的话一点意思也没有，他仅仅把法律背得很熟，他们知道我犯的什么罪，犯了第几条刑律，应该怎么样处罚。他只知道一条人命而不知道两天没有饭吃，他把事情切成了两段，他把事情的起因——重要的一段丢弃了。我想法官真是一个傻瓜，和命运一样傻，它们都是不中用的东西。所以在法官忿怒起来之后，我一句话也不说了，在这世界上不会生出聪明来，因为法律就根本是个傻东西！我想，像你（法官）这样肥胖，这样有钱的人，只要有一个背到我肩膀上，我也不会再在上海了，我可以养活我的儿子哩！

——我告诉你，监牢便不是一个好东西，它比法律还傻点。我们在里面很可以学点坏事体做，在那里各种人都齐备了，杀人放火的强盗，强奸少女的痞棍，暴徒，乱党……这真是博物院哩，凡是我们不知不闻的事情通通陈列着，这真是好标本，人物标本，这简直是再丑没有的事情，而他们偏还一天一天送进来。

——好了，我的事情就这样结束了。我想，社会永远是不合理的一个。里面有穷富的悬殊，因为穷富的悬殊，才有两天没有饭吃和一条人命的事情发生；因为穷富的悬殊，才有肥胖胖的阔人坐着享福，穷人在受罪；才有厂主和工人，才有坐着审问别人的官吏立着被审的囚犯！因为穷富的悬殊，才有死不要命的光棍越货杀人，才有巡捕和法律保护富人！

——都是些傻瓜哩，好比法律，官吏，监狱……

——这且不要说它，我结束我的话罢。我刑期满了出了牢狱，我还做过打扫夫，码头上的搬运夫，在都市里流浪了一些时，才来到这里来做打包间的工人，因为我无家可归，在这里住了，兼带打扫的夫役。

——我只当人们都在甜睡呢，谁都在这不合理中活着而谁都不开口！有一天我总要把他们唤醒过来哩，你看着，我会做的。

二六，三，一九二九

二　谁告诉我应该怎样做

我的一家亲戚家里有一个老佣妇，她已经老到不大会走路了。她说她曾经看见他们的祖父的年轻时代。在我的亲戚家里，已经没有一个人知道她是什么时候来的了！她常常说起她有一个儿子，但是我们都不曾看见过。她的为人很忠实，可是过于老了，常常会做差事体。有时候叫她拿了一只篮子去买菜，她会带了一眼的泪水进来，她把篮子和钱不知送到哪里去了！她吃饭吃得很少，一天到晚总是闲坐在厨房门口一张板凳上，没有人去唤她，她可以在那里坐一整天。在冬天的时候，她把凳子移到太阳底下打个瞌睡，夏天的晚上，在庭心里自语一会。她很有点像我们家里的一只老猫，整天迷缝着眼一点也不中用了。

我想她的脑子不会有什么波澜了，看她的生活是这样的泰然。可是她常常会想到她的儿子，据她说，她的儿子离开了她已经整整有三十年了，这三十年中，她从没得着过半点消息，也没有人在那里遇见过。谁都会说，她的儿子早就死了，或则是把她忘记了。有的人还不相信她有个儿子，一定是她记错了；因为她对于随便什么事都记错了的。在我想，她或许没有儿子，因为谁都不能证明这件事；也许她在年轻时候曾经想要有个儿子，在她

137

年迈的时候能够给养她，给她一个安逸的生活，所以一到年老来，连她自己也决不定她究竟有个儿子没有了。但是我们揣度是不大对的，她想她的儿子回来，到并不曾希望受他的给养，她只是想着一看她的儿子现在是怎样了，她要知道她的儿子怎样过活到现在？她从来不曾想过她的儿子来了，会给她怎样的日子过。不但是这样，她只要得到了十个或是十五个铜子，她就要对着那铜子念百十遍，她要筹划把这铜子买些什么来给她的儿子吃。她记得她的儿子是喜欢吃肥肉的，所以她常常把肥肉留起来，藏到腐臭。我们都说她是太傻了，但她一点也不觉得。

虽则她的记忆力坏到这样，但是她讲起她的儿子来却不曾错过，她说起来千百遍都是一样的。她说她的丈夫是个泥水匠，在五层高的楼窗上跌下来死的。从她的丈夫死后，她就带了她的九岁的儿子到我们亲戚家里来做佣妇。她的儿子是一个驯善的小孩子，成天坐在厨房的壁角头打瞌睡，弄一只小主人的玩坏了的木马伴着他，到她的儿子十岁刚开始时，她就送他到远处一家小商店里去当学徒。他临走的时候，还哭着要把他的坏木马带在一起。现在那一家小商店是早就关了门了，三十年来从不曾有人带过一个信给她，她自己是更不容易走去询问了。

我们有时候和她闹着玩笑，看见有个近四十岁的陌生人走来，我们问她说：唅，你的儿子来哩！她似乎知道是和她闹玩笑一样，鄙夷似的向那陌生人瞟一眼，她微笑着说：我的儿子还漂亮得多呢！或则说：我的儿子的两腮还有两个笑涡儿呢！

有一天将近黄昏的时候，满街上淡淡地飘漾着炊烟，正是上灯时分，街道上轰闹起来了，说是来了一个异乡人。小孩子们拥挤了一大群，紧跟在一个人的背后喧嚷着，渐渐跑向我的亲戚的家来。那个异乡人丑陋到不成样子。满脸长着茸茸的胡须，一身破碎的衣服上沾满了泥污。他走了进来，两眼呆瞪着，射出真挚的光辉，他莫知所措了；他的一个小小的被囊背在肩上，压着他使他支持不住的样子，把全身佝偻着，撑在一支手杖上。经过了半天的麻烦，才知道是那佣妇的儿子真的回来了。那佣妇从厨房前面那张板凳上站起来，眼泪已经流到嘴角了！但是他们见面以后，佣妇说：这不是我的儿子，我的儿子漂亮呢！那异乡人更呆定了，他把手杖敲着地板，他不知道怎样做才好，那佣妇还坚执着说，我的儿子有两个笑涡呢，末了，那异乡人讲出三十年前的事情来，他和那佣妇所讲的一样。这才那佣妇承认了是她的儿子。她哭得更厉害些，她把她的儿子还当成小孩子，亲他的脸，拥抱他，她的泪水半天没有干。她不断地瞬视着她的儿子，末后，她叹了一口气说：是什么把我的儿子弄得这样丑了！来客半天支在手杖上不动，到这时也渗了点泪水出来，把手杖和背囊丢到墙角边。

那佣妇的儿子是个强有力的人，他的手指粗壮得比旁人两倍以上。他静静地在厨房里坐着，伴着他的母亲，不大喜欢多说话，但是常常微笑着。他不和他的母亲讲往事，他的母亲也并不问他，只是反复着，是什么恶鬼把我的儿子弄得这样丑了！

拣着一个机会，我带着好奇心去问起他的往事，他微笑着。

——不会使你满意的呢，先生，我的往事并不稀奇啊。

——在我十岁时候的早春，我记得那时候天气还冷，我就被我的母亲托人送到远处镇上的一家小烟纸店里。仅仅只有十岁，我真是什么也不知道，以为到外面去和在母亲身边一样，我还哭着要带着我的木马呢。我不知道我的母亲怎么样和他们讲定的，我在那家小店里得学三年，帮三年，为他们做了六年的事才有薪水拿呢。起初，我倒不大知道什么，我给他们当成佣工一样，什么事情都使唤着我。在那家小小的杂货店里另外有一位比我年纪稍为大一点的伙计在维持。老板是一位吸鸦片烟的老头子，还喜欢赌钱，他整天躺在床上诅咒战争，诅咒物价涨得太高了，诅咒鸦片烟贵了，诅咒重税，诅咒我和另外一个伙计，他一点事情也不管，只是躺在鸦片灯旁边，每天拿我们赚下来的钱享福。我在那里一年多点，他就把另外一个伙计辞退了，于是一切事情都放在我一人身上。我还得到三十里路远的城内去批了东西，批了回来再用重价卖给旁人，就这样赚了钱供给他吸鸦片。我想他这生意倒还做得；我的薪水是一个钱也没有的，他就可以安享着纯利了，他可以安心诅咒着一切了！比我年纪大一点的那位伙计，我过后才知道就是为了要领薪水辞退的。我在那家小铺里一直忍耐了四年多点，我想我用不着再学了，这样的生意我也会做，我就偷了他的五六块钱逃走出来。那时我只有十五岁，我一点也不晓得有饿死或是冻死的苦处，我只知道有了这样多的钱我也可以享福一辈子了。但是我怕他们会捉我回去，我就逃往远处去。我跑到很远很远的一个城市里，那时真像发了疯一样，满袋里装着美满的梦。然而一个十五岁的小孩子，身边带了五块钱（在路上我用去了一点）有什么事好做呢？我在那城市里什么都不熟识，但是我却装得和大人一样，我要做点事业呢。我在街路上走来走去，我要拣一个合式的事情来做。

——最初我碰到一个像我差不多年纪的小孩子，我很客气的问他：唅，朋友，有什么事情好做呢？我还有很多的钱！我知道大人们都是靠不住的，还是小朋友诚实，然而那小朋友告诉我说：没有钱才做事情哩，你有钱不会玩么？我头都不曾回，我再走，我又问一个小朋友，他可诚实些，他说卖报是好生意哩，一天可以挣二十个铜版。我嫌二十个铜子的买卖太没出息，他又告诉我卖糖果可以挣四十个铜版，卖水果可以挣六十个铜版，假使本钱大，还可以卖些别的东西，更可以多挣些。

——于是我们就筹划做生意了，我们把一块钱买了糖果，一块买些水果，再一块钱买些玩具，我们就出发做生意了；这我很内行，我知道卖出去的价钱应该照买来时大多少。我的那位朋友帮着我，我们满街去叫喊，去引一些有钱的孩子们来购买。我的朋友也很在行，他很会骗孩子们，他拿一个铜板的东西卖人家两个铜板。但是过后就不对了，一些穷孩子们都围着我们，后来越聚越多，在我们的背后跟了三十多个人，他们一天到晚喧闹着，吓得一些孩子们不敢向我们买东西了。但他们还不走，他们向我要水果吃，我就发起怒来，和他们相骂着。末了，他们走拢来把我的东西统统抢光！于是我们相打起来，倒很有些孩子帮我们忙的，我们就在大街上打了好一会的仗，有几个流了血。后来有人高呼起来说警察来了，我们就逃走。这一次的打架，却使我得着了更多的朋友，虽则我的钱和东西统统失掉了，但是我的朋友们都是没有钱的，我可以和他们一起生活。

——过后我才知道我的朋友都是些无家可归的，晚上在野庙或是人家的马棚里睡觉，吃些人家倒给猫狗的残汤冷饭。人家造房子或是搬家，我们去弄一点杂工做。再不就在街路上打一回架。可是我们很自由，我们只怕警察，其余就不会有什么人来管我们，只要我们有了钱，我们还喝酒，赌钱！在晚上，我们碰到有女人走过，我们叫嚣着，做些亵污的行动窘她，弄得谁都惧怕我们，都叫我们做"小流氓"！我最初碰到的那位朋友叫小三子，他很老于世故，他告诉了我很多污亵的事情；我们偷偷地溜进公园去，摸小姐们的胸脯，要听她们尖声的叫唤。我还学会在商店的柜台边怎样去偷人家的皮夹。不消说，我在那时候是一点也不知道我这样是做错了，因为没有人来告诉我怎样做是对的。

——有一次，我因为偷人家晒台上的衣服，被警察抓住了送到养济院去。孩子们在街路上跟着我们，叫嚣着，讥笑着。我和他们对骂了一场，我知道我还可以逃出来和他们一起的，因为我们的团体里很有些人进去过二次以上了。

——养济院里真是一个流氓的陈列所。里面什么都有，最多的还是我们一类的小流氓哩。我们在里面也有一个团体，和在外面一样。可是在里面每天要做苦工，吃的东西很少，一点也不自由。起先他们派我做砖坯，我真不知道他们为什么要派我做这工作，我做得一点也不内行；可是有一个管理人非常之凶恶，他拿着一条籐鞭一天到晚监视着，不让我们有一刻儿休息。但是我们也够玩皮了，在那监督一转身，我们就捏起泥丸来开仗，结果是大家挨一籐鞭的打。虽则这样，可是我们宁愿挨打来得有趣些！到晚上，他们把我们关闭在三间大屋子里要我们睡觉，可是我们睡不着，常常从窗子里爬出去，溜到女流氓们住的房间里去打混。我真是刻刻要想逃出去，我想到外面还是自由些，我还挂念我的小三子还好么？然而很难下手，有时给他们察出了，挨一顿籐鞭，他们总说：小流氓，偏要不学好！然而我总不觉得养济院会比做流氓好点，他们一点也不告诉我怎样去学好，他们只是为了要我去做工。

——我在那里住得很长久，大概有三年罢，可是我一点也得不着好处，我只是受够了皮鞭。有一天，警察们把镇内所有的流浪孩子们一起拘了来哩，那里面很有些我的老朋友，连小三子也在内，我看见他们脏得要命，群聚着时候发着奇臭。我想弄了这些小东西进来，安放在什么地方哩？

——他们的好计划真是想不到的。他们把我们一起塞在一艘船上装到远处去使用去哩！沿路上一批一批的把我们分散开来，我不知道他们是被派作什么用处的，我却给他们派去垦牧。

——我们所种的沿海的碱地，真是再糟没有了，种起来的东西吃都不够，有些棉花也是瘦得不成样子。因为地方的荒瘠，我们的食粮也常常会断。普通吃点玉蜀黍和高粱，米是不种的，麦还要换钱。垦牧公司还天天说蚀本，我们已经弄得够受了！我们所得到的钱却还不够我们吸卷烟，而他们却把整船的棉花，黄豆运出去卖钱。所以在这一大片荒地上，简直一点积蓄也没有，每次便船带一些米来，都是只够供给职员们的食粮。就是靠荒地相近的种熟地的农民们，也不见得比我们好些。他们给了地主好几十块钱，种了几亩地收起来的农产物还要四六均分。农民们真是苦得要命，收成坏一点，把一切收成统统给了地主还不够。所以那一年二个月不下雨，就糟了，连种一点青菜都干坏了，到七月里又发了一次大水，弄得一点收成也没有。我们公司里一点积蓄也没有，职员们统统跑走了。把我们丢在荒地上吃树根。农民们也大都没有积蓄。据我知道，我有一位很忠实的朋友，他种地主三百步地，顶费是二十元，他拿不出二十元钱，讲定每年付利息四元八角（月息二分），这三百步地里他盖了一所茅草屋，除去港型，陌路，每年只能收五担多一点的豆子，还要和地主四六分。他每年收这两担豆子能够多少时候吃粮？而且种地还要下本钱买肥料！假使他不种这地，他就连住的地方也没有。所以那一年一闹了荒，连一接二地出起杀人放火的抢案来。但是有钱的人早就搬空了，把些穷人丢在那里掘树根，人吃人！

——虽则经历了这样一次事变，吃了一点苦，可是我又恢复了我的自由。我跟着一排难民向别的县城走去，重新过起我的流浪生活来。

——我想这一次总得要聪明一点哩，再要我做事体可要细细地斟酌一下了！我在前都是在给别人出力，都是别人享了福，我吃了苦！这一次我起了誓，我再不给人家赚一个小钱了！

——我就这样随处乱跑着，随处找一点零碎的工作做。我做着打扫阴沟的工作，我做过搬运夫，凡事一切琐杂的散工我都做，我把我的身体锻炼得异常强健。我做工，我因为要吃饭之外，我还是因为我的高兴，所以我还得拣一个合式的工作来做，不消说，这个工作是要完全为着我自己的利益的。

——但是我真弄得莫知适从了！我看着街路上来来往往的行人，他们只摆给我看，那个人是过着舒服的日子，那个人是在同我一样地过着，我总无由知道他们的秘诀。虽则我曾想到，发了财才可以享福，但是我的父母根本就是穷透了的；我也知道，做了官也可以摆阔，我却根本连字都不认得一个。末了，我异想天开，我决心去当兵。因为不认字的人，只有当兵才是升官发财的捷径。

——然而，我的故事应该快快地结束了，我不应该再向你述说许多当兵的苦楚，实在说，打仗倒并不是什么苦刑，只是我打了几次仗，杀了许多人！我一点也不知道我们为了什么而打仗的，被我所杀的人，究竟是犯了什么法！假使不幸而我被人家杀了，那我是犯了什么罪名？难道说我是因为要做官，发财？或是因为穷！我打了这许多次仗，在我们的枪下死了不少人，我们的同伍者死得剩不多几个了，而我仍然是个穷光蛋，仍然是我廿多年前的人，我的长官倒升官的升官，发财的发财了！好了，我只算是又给人家做了一票生意，我一点也不曾为了自家！因此我还相信我是不能再为我自己了，而人家也都在为着别人！

——从此以后我就不再想做工，我要潜心去找出这普遍的错误来，我要去告诉我的同人们，你们是怎样上了当。然而我的厄运又来了！我真不知道什么人出的计划，把事情想得这样周到！

——原来在我到处流浪的时候，警察把我捉进了牢狱！他们的理由是：既无职业，又无住处，所以不是土匪，就是乱党。我不管他是冤枉不冤枉，我倒愿意做土匪呢，因为我既无职业，又无住处！我总算做了一辈子的工！我不知道为了谁？然而他们谁都不会告诉我，谁都不曾告诉我怎样做才对。他们就这样猫猫虎虎的把我判了罚徒刑五年。于是我又被转送到养济院里，重新被迫着做起苦工来。

——我就这样流浪了三十年，我做了三十年的苦工，我做的工不知道到那里去了？我不知道怎样才是对的，难道是要我做一辈子的苦工，穷一辈子，饿一辈子，不要想，也不要问么？您想，天下有这样的傻瓜么？

——我回来想看看我的母亲，她已经不中用了！然而我倒愿意做土匪呢，因为我既无职业，又无住家！

过了几天那位佣妇的儿子又失踪了。

谁都不知道他往何处去，更没有人再见过他。

那位佣妇成天哭泣着，她是更不中用了。

二二,三,一九二九

（原载 1930 年 3 月 1 日《大众文艺》第二卷第三期）

劳动组织

西镇的工场区域中，不论是那一种厂家，他们里面的工人是分着两种派别的。

南派与北派。

星期日上午的半个休假日，工人们在附近的空地上聚集着。他们像蝇蚋一样地聚集在小酒店里，露天的点心店里，或则是游乐场里。而他们是始终不曾忘记了他们的籍贯。

两派里的人碰头的时候也不讲话，也不打招呼，甚至大家露着憎恨的神气。他们的游乐也各有各的嗜好。南方人喜欢喝绍兴酒（本色）。北方人喜欢喝高粱。

为着习惯和嗜好的不同，两方面没有接近的机会，为着没有接近的机会，始而是生疏，继之是离间，由离间而相互憎恨，排挤。

有时候他们还要聚集起来械斗！

为了那天在公共广场上争看一个山东人卖拳戏，广东人张阿大把个江北人王小三推了一下，他们就在高家墩后面扭打过一次。结果张阿大拉下了王小三一握发丝，王小三踢了张阿大一腿，撕落了破制服上的一粒钮子。

因之广东人与江北人间结下了不共戴天的仇怨。出了厂门，他们就不敢单独一个人在路上走了。

其他还有宁波人和山东人等等的小组，他们都互相仇恨着，好像没有妥协的机会了。

然而他们的仇恨却一点也不是为了工作上的竞争，而致于职业上的挤轧。这仅仅不过是地方思想朦混着他们，还是一种连自己也不理解的下意识作用。他们的简单而明了的理由就是："他不是我们的同乡！"

有时候工场里面有起风波来的时候，或是工场里发现了宣传罢工的传单时，工场就可借假他们的仇怨来打探消息了。有时候工头碰到一个江北人的时候问他：

——唉，王小三，你知道吗，这一下又发现传单哩！

——是呀！只有他们那些鬼鬼祟祟的广东蛮子！

——假使你看见了，那么你就来告诉我，晓得吗？我要开除他们！

——这些广东蛮子，总有一天会落在我网的！

工头假使碰到一个宁波人或是广东人的时候。

——你知道这一次谁吵得最厉害？

——山东人！江北人！

——那里几个呢？

——他们人多得很呢！

——以后你可以抓住了送到我那里来！

——这些江北鬼子；他们是逃不出我的网的！

有时候他们真会把什么事情都去秘密地告诉了工头。甚至于每一个人的勤懒，以及平素的行动，工头都可以从他们那里听到他们交互的报告。

所以工人自身，他们是不容易和解的，而工厂的办事人方面，为着他们的便利，他们更不希望他们会和解。

因之工人们不能做一件秘密的事情，更不能团结起来共同干一下。

一九一一年的初秋，因为天气过于炎热，更没有雨水，经过了长久的苦旱以后，工场区域附近发生一种秋瘟。工人们死的不知多少。他们在苦热的太阳底下，或是沉闷的工场里一点也不得休息地操作着。一不留心就中了暑而头痛起来，接着是睡倒，死亡。所以锅炉部和打铁部里的工友，常常传出突然倒毙的消息来。

高级的职员先生们为了防避瘟疫和避暑跑走了不少，然而工人们的工作还是依然照着素来的定规。他们没有休息的可能，更不曾想到有什么改善的方法，他们只在怨恨自己的命根不牢。活着的人有时候还要幸灾乐祸，看见一个江北人从厂里拖出去的时候，广东人和宁波人掩着鼻子斜着眼睛瞧了瞧说：

——该死的江北鬼子，还可以多死几个啦！

然而死人一天多似一天了，这倒不管是江北人还是广东人，宁波人……关于死亡的报告，却同样地继续有所闻。

这才使工人们着起慌来，而且厂方也发生恐慌了！

经过了临时召集的厂主们会议，商量出一个救济的办法；在各家的牌子房口，工作的场所贴起许多白纸黑字的布告来：

——为着大家的生命的安全，从即日起，每个工人每月扣除大洋两角，以备开办劳工时疫医院和备办消毒防疫药水。

这一个布告一下来，工人里面立刻起了骚动，工人们的不安反比惧怕秋瘟还厉害。立刻工人们都聚集到布告牌下面吵闹起来，大家高声咒骂着，向着布告牌捏着拳头。

有经验的老工人讲起他们的经验来，他们知道厂方为着公众的事情捐钱，可是结果总是工头们饱了私囊。年轻的工人们根本反对这捐款，因为他们不捐还不够用。更有些工人是始终反对厂主们的，他们相信厂主们决不会做得一件好事来，更不会做一件有利于工人的事业。——凡是布告，总不过是欺骗！欺骗！厂主们无往而不在欺骗！

在群众里面，尤其是在工人群众中，而且是在这样狂热的境况里，感情是很容易传染的。

仅仅只有一刻功夫，布告前面聚集着大批的工友，正在工作着的也都捏着斧头椎子追聚到布告前面来。

渐渐，呼声高涨起来！

那里攒聚着广东人，江北人，宁波人，山东人……

他们都在同一的情感里呼号着。他们都兴奋地呼号着同一的口号。

广东人张阿大抬着头向着布告疾呼着：

——他妈的，又是欺骗的东西，工人不给你们剥削也就差不多了！

宁波人陈全接着说：

——妈的，不要去埋他！

山东人李福寿忧虑着说：

——他奶奶的，给他们从工钱上扣了去怎办呢？

江北人王小三接着说：

——他妈妈的，我们反对这个！唅，我们要一致反对这个。

王小三回过头来正好拍着张阿大的肩膀，他立刻怔住了，恐怕张阿大要动火。

可是张阿大并不曾动火，他同样地叫了起来：

——我们大家反对这个！

于是广东人，江北人，宁波人，山东人……一同叫了起来。

他们就这样把事情议妥当了。并且各个工厂，各个工人，无论那个地方的人，都在同样的通告下面联合了起来。

——反对剥削的……

——反对欺骗的……

——反对……

第二天早上，工头扯住了王小三问：

——谁是主动？这一定是广东人，你告诉我那一个，我开除他！

王小三傲着头一直向外跑，仅在牙缝里漏出一点声音来回答他说：

——谁都在反对，我也对的反！

工头又扯住了张阿大去问。张阿大的答话是：

——谁都在反对！凡是工人都是反对的，反对的是工人！工人就是了，有什么广东不广东，江北不江北……

十一月廿一夜半

（原载 1930 年 3 月 1 日《大众文艺》第二卷第三期）

福音堂

——凡劳苦负重担，

重担，重担！

凡劳苦负重担，

到这里来！

　　关于基督教，我虽则也曾翻过他们的新约旧约，但是从来不曾进过他们的福音堂。他们究竟宣传些什么"福音"呢？我们知道很有一般人朝夕跪倒在圣母圣子像前祈祷着、忏悔着。跪倒在圣母，圣子前面的有贵重身体的太太老爷小姐奶奶，有商人学生，也有我们劳动终日汗流浃背的工农们。我真不知道死了一千八百九十多年的圣子耶稣能够给这些可怜的，愚昧的信徒们以怎样的福音？死了这些年数了的耶稣还有怎样的能力？

　　我并不侮辱耶稣，我只要把事实告诉诸君。

　　在大雨滂沱的上星期日晚上，我很感谢一位年轻的先生拉我进福音堂去躲雨，并且使我明了了"他们的福音"究竟是什么东西。

　　在一个宽敞的会堂里，对着一座小小的演讲台排列着许多椅子。我进去的时候，座位上早就挤满了听众了。这真是一个在现社会里少见的 Democracy 的集会。这里除了男性和女性分左右两面坐开之外，不论那一阶级的人，都在同样的位子上坐着，穿着满是机器油腻的蓝布短裤的工人和穿缎子马褂的大人先生挨挤地并坐着。

——凡是人，都是耶稣的儿子。在主的面前，人是平等的。

我真不知道他们走出了福音堂以后还要做工，还要坐着享清福否？

我被一位招待员带到靠前排的一张椅子上坐着，那时候演讲台上有一位年轻的先生在宣布"福音"，他说：

——有人说：教会都是好的，因为教会都是劝人为善。可是，耶稣教决是劝人为善，耶稣是救人的！

他就接下去讲到"凡劳苦负重者都来就我"一节。

在他未曾讲到本文之前，我很想知道耶稣对于这些劳苦负重的工农大众怎么说，他们要给与他们怎样的福音？

但是我失望了。当然，在这样一个离开现实几千万里的地方，我们能够要求他们什么呢？然而他的解释更出我意料以外的失望。他说：

——劳苦负重者是说犯罪的"人"。"人"犯了罪恶，好比负着劳苦的重担，这重担放在他的身上，使他永远受着痛苦。

重担是罪恶的重担，人是不应当犯罪的，犯了罪好比背着重担一样。不差，一点也不差，可是为什么犯罪的呢？社会的组织又是怎么样？为什么有劳苦负重的工农？为什么有坐着享福不做事的富人？可是他一点也不说。他只说：

——凡劳苦负重者都来就我！

——凡劳苦负重者都到耶稣这里来，耶稣可以赦恕你们，只要你们能够忏悔、祈祷。

事情难道就这样简单么？杀人越货的大盗，他是犯罪的，他做大盗是为着肚饿。可是你只叫他到耶稣这里来。假使他来了，你能使他怎样！他还是没有饭吃，他还是要杀人越货的。

——耶稣是为你们死的！

在一千八百九十多年前的罗马王朝时代，暴虐，残酷，以杀人放火为能事，大家争尚强权与武力，所以才有耶稣的拯救灵魂的宣传，才倡博爱，才倡无抵抗主义。末了，耶稣被统治者用磔刑处死——钉十字架。耶稣拯救的是纪元以前的民众，耶稣是为二千年前的人死的！

耶稣是人，是二千年前的社会思想家，他已经死了二千年了！他决不是上帝的儿子，决不存在于天上！我可以给你们一个铁证。

那位福音的传布者为着取信于听众起见，他巧妙地用魔术的手法来在十字架上洒些红墨水以代耶稣的血。他背了一个黑布大包以代替着罪恶的重担跑向耶稣面前去祈祷，祈祷过后，他把手一松，那包裹给地板底下的另一人接了去，以使大家相信，这是个奇迹而上他当！

这些都是耶稣的奇迹！耶稣住在天上么？耶稣是上帝的儿子么？假使这些魔术（说他是魔术也是太糟了）是奇迹的话，那大世界里的科天影，莫悟奇是天老子了！

我要大声告诉你们，耶稣教是骗人的！耶稣死了一千八百九十六年了！

耶稣教是骗人的，那么他们为什么要骗人？为什么要每年化这么大的宣传费，为什么还要为中国人开学校，办蚀钱不赚利的慈善机关呢？

这个恐怕大家已经知道了！——资本帝国主义者，为着夺取殖民地和推销出产品起见，他们就不得不麻醉你们，使你们麻醉于教会的空洞的神话迷信中，养成你们无抵抗的习惯。他要你们"人家打了你的左脸，再把右脸送给他打"。他们就是要你们"人家抢了你们许多租界，再把整个国家送给他"！

我们真是太傻了！

有人说，教会果然是骗人的。可是为什么他们这些传道师这样起劲，这样认真呢？

这更容易明了了，这些都是资本帝国主义者御用的走狗，他们从资本帝国主义者那里得到津贴，又从信徒那里剥削供奉！所以他们不屑昧了良心，把红墨水告诉你们是血了！

所以凡劳苦负重担者都到这里来。我们要联合起来。我们要反对教会，反对资本帝国主义者的进攻，揭穿资本帝国主义者的阴谋。我们不但反对教会，我们更要打到帝国主义！

我们劳苦负重担的工农大众们，我们要知道一切劳苦的重担都是压迫我们，剥削我们的资本家，商人，帝国主义者……凡一切靠我们发财，靠我们享福的人放在我们身上的，死了二千年了的耶稣决不能解除我们的重担！教会的欺骗只是加重我们的负担！

要解除这劳苦的负担只有我们劳动者自身，只有我们劳苦负重担的工农大众才能打倒帝国主义，打倒剥削者！打倒欺骗者！

——凡劳苦负重担者！

都到这里来！

我们要联合起来！

（原载 1930 年 3 月 15 日《沙仑》创刊号）

标 语

从泰安第一兵站退回来的兵士们，带着一付前线上回来时特有的骄傲和普遍的黄瘦，他们的被囊上满是些半干燥了的泥泞，头发结成了蓬松的一团，下额上的髭须像爬在甜瓜上的刺猬。枪是横挂着，走起路来正敲着他们的屁股。他们在城门口就要躺下来休息了，因为实在不能再走一步路了。有枪的人见着无枪的在羡慕，他们早知道现在这样累人，一定在战场上丢了走倒舒服得多！

进城了！

为着军队的庄严和军规的严肃，进城去的时候总得要特别留神一点。虽则是打了败仗回来，可是军队是军队，否则会领不着饷银。

进城的时候大家把脚跟使劲在石道上踏着，步伐的回声在城门洞里震得怪响。可是，声音尽管响，步伐还是一点也不整齐。

少校发起脾气来了。

——唱军歌！

于是不整齐的步伐里又加入了不整齐的歌声。声音更响了，可是听了大家会不高兴。

——天下雄，

丈夫争战功。

糟而又糟的，真是太不像样了！

营长的勇气完全消失了！这是打了败仗回来啊，大家应该帮帮忙，把精神振作一下，拿出一点军人气概来，这样，我们到军长那里去还可以回话，把失败的原因推到参谋部身上去。

军队进了城，向营房进发。满路上的商店都关光了，走路的人一个也没有。

营副更来得丧气。他骑在一匹白马上，提起皮鞭来敲着商店的板壁。

——他妈的，商人最混蛋！

谢天谢地，转过弯就是营房了。可是前面又停止了！

什么事呢？……长官们空发脾气，空着急。

前面在搬伤兵，车子太多了走不前。没有法了，停下了。

营副是个大胖子，大家不怕他，营长照顾不到多少，他骑在马上不住的前后奔着，他刚走到前头，后边又闹起来，他奔到后边，前边又在闹了。甚至连连长也不听话，他们都在人家门口的阶沿上坐下来了。

末了，营长走了，营副也跟着走了，他们先回营房报告去了。

于是士兵们哄笑起来，在马路上倒了下来，有的喜欢得在地下打滚。

打倒张宗昌！

有一个士兵在电杆上发现这样一个标语。

——打倒张……他妈的！

他想高声念给大家听。可是他立刻想到了，这个标语是念不得的，所以下半部变成了他妈的！但是另外一位士兵却老实不客气地给他念了下去。

——打倒张宗昌！

连长追了过来，执着皮鞭。

——打倒孙传芳！

连长用自信的口吻叫了起来纠正士兵的错误。

这时稍远处一个士兵又有了一个新发现：

打倒孙传芳！

所以他也高声念起来：

——打倒孙传芳！

连长高声应上去：

——是的！

打倒军阀！

第三个士兵又有发现了。

——打倒军阀！

反对军阀混战！

第四个又有新发现了！

电杆木上的标语变成兵士们嘴里的口号了，大家喊了起来。

连长发起怒来，前后奔走着，发着命令：

——把标语撕下来。

兵士们不懂，他们把标语撕下来，藏在衣袋里。

回到营房了，兵士们得到一个消息：

——督军署前面的照墙旁边，已经堆满了山一样两堆干柴，还有两百箱火油。只要等到孙传芳的兵士爬上千佛山顶，就要把干柴浸了火油，将全个济南城放起火来。

——张宗昌在前天晚上已经逃到德州去了，对于这些事情，兵士们一点也不愿问，回到营房来了，这是他们出征以来难得的休息机会。枪械也可以丢在屋角里不去管它了。下操的工作也废去了。什么事情都可以不管，尽量地玩着罢。

这个时候他们最高兴的玩意儿是与关在营房后面马棚里的几个俘虏逗着玩。他们把这些俘虏当成关在公园笼子里的猴子。他们使俘虏们饿着，然后再用吃的东西引他们抢着吃。或则用木棍打他们。使他们发怒，咆哮。

还侮辱他们，耻笑他们——因为他们是俘虏，他们是帮孙传芳打仗的，他们是敌人，他们开大炮，他们拿刺刀，我不捉着他，他会捉着我或是刺死我的。

不高兴的时候，走进囚牢去把俘虏拖出来用皮鞭打一顿，打的时候口里喊着：

——打倒孙传芳！

可是倔强的俘虏们喊着！

——打倒张宗昌！

发怒的兵士叫起来：

——他妈的，你为什么要打倒张宗昌呢？

俘虏的回答是：

——你为什么要打倒孙传芳？

对于这个问题大家答不出理由来。结论是：

——妈的……

第二天，他们又在火车上了。从济南到张店。再从张店到博山。

为什么？他们都不明白！只知道这是命令！是张宗昌的命令！

接着潍县的军队也调到了，张宗昌的大部分的军队都集中在博山了。

又是露营，堑濠，步哨，野战病院……都准备好了。

于是兵士就明白了，又是一场恶战！又是大炮，机关枪，杀，冲……接着是死，伤！

临了，阵线布好了，一切都准备妥当了。可是，兵士们踌躇起来了。

为了什么要打仗呢？

为了什么要打倒孙传芳呢？

他们不明白，只知道是命令，是张宗昌一个人的命令！

打仗实在是够可怕了。死人，伤人，伤人，死人！跑到战线上去时总是成队的人，退回来的时候只有几个。每次都是一样，不论是打了胜仗或是败仗。

打仗决不是个好买卖。

为什么来打仗的呢？谁都知道，当兵的都是穷人！

没有一年不打仗，没有一个地方没有兵经过。种田的不能种田。种了田，给他们一仗打个精光。做工的不能做工，打了仗没有人买东西，工厂都关门了！

肚子饿得难过，只好跟着拿"招募新兵"的白旗的人到营里来。

打仗是杀人，来给人家杀。打仗把田地踩个精光，把人家打得落花流水。

所以只要连年不断的打，打仗虽则是杀人，每一回打仗要杀成千成万的人，可是人是杀不完的，只有越杀越多！

大家知道打仗是杀人，可是"招募新兵"的白旗挂出去，自会有很多人跟着来的。

打仗的人不会少的，所以打仗是不会停的。

打仗对于穷人决不是一个好买卖。

在堑濠里。

步哨已经派出去了。骑兵挂着短铳在草堆里出发了。这个时候，兵士们只少有几个钟头的休息。

在这个时候，从马路里电杆木上撕下来的标语又出现了！

在大炮对着大炮，铳口对着铳口，刺刀对着刺刀……之前，不妨大家来思索一下的。

打仗好像玩意儿似的。

肚皮对着肚皮，你的刺刀刺进来，我也还你一刺刀。你们来罢，我放你一炮。

你们的人死得太多了，你们是输了。

打仗是把人命来赌输赢。

总攻击令是杀人的命令。张宗昌和孙传芳一个在南京，一个在济南对面坐着。中间是兵，兵和兵对面打，对面杀。

张宗昌要我们杀进南京，孙传芳要他的兵杀进济南。

谁打赢了，谁的地盘大了，谁就发财了。

打仗对于这些人真是一个好买卖。

怪不得打仗是不会停了。

打仗是为着大家，为着国家，为着主义，为着……

其实，打仗只是穷人杀穷人。打仗是为着军长，委员……

张宗昌是军阀，孙传芳是军阀。

是了，打倒军阀！

——反对军阀混战！

总攻击令下来了。炮声听见了。

可是打仗对于穷人绝不是个好买卖啊！

那么不要打仗罢，大家回去。

可是不成，回不得老家。没有饭吃才出来打仗的，回去还是没有饭吃，没有饭吃还是要出来打仗！

怎么办？

进军喇叭吹起来了，兵士还躺在堑壕里争论着。

——我决不干了！

——我也不干了！

傻子，打胜了升排长啊！

算啦！蚌埠死了八个，徐州死了六个，泰安死了五个，火车里死了一个。伤兵病院里还有几个！一连兵还剩几个了？……把枪丢了落个好死罢！

好死？饿死！

谁高兴打仗？

刺刀对着刺刀的时候，因为我不先刺他的肚皮，他会刺我的。退到堑濠里来一想，为了什么呢？为了我一刺刀，也许他的老婆会上吊，或则哭好几个月！

对呀，我们为什么要杀他，他也为什么要杀我呢？

告诉你。杀猪杀羊赚钱的是屠夫，杀人赚钱的是兵士！

傻瓜！那么我们变成猪羊了，因为我们杀人，也要被人杀的！

是呀！我们是傻瓜了！

依你说……

不，我们只是猪羊。杀我们的人是叫我们到战场上来的人，他们是杀人的屠夫！

是呀，是呀！

军阀都是屠夫！

叫人家出来打仗的都是屠夫！

对呀，把枪尖倒过来，先把屠夫杀了，大家不打仗，那就好了！

哈，对了，还是你老聪明！

我们要为我们自己打仗！穷人要为穷人打仗！

啊哈，那就更对了！

进军喇叭吹起来的时候，穷人们已经在堑濠里议决了！

穷人要为穷人自己打仗！

（原载 1930 年 3 月 15 日《沙仑》创刊号）

废　坑

每逢我看到山野里一个古旧的，不是用机械开掘的废矿洞的时候，我就要联想起下面的一段故事来：

兆伯提着一盏半熄灭的瓦斯灯踉跄地奔过来，虽则在墨黑的坑道里看不见他的脸部的表情，可是他的出乎意外的狼狈，使孩子们都丢下了工作钻出支坑道的洞口来迎他。

——快预备逃走！……上风坑发水了！

——水早已浸到孩子们的脚底下了。因为他们是在水里浸惯了的，所以他们还不曾知道。

——快！把工作的家伙都丢下罢！……去逃命，还是逃命要紧。

兆伯发疯似的跺着脚，他在支坑的洞口站住了，把从洞里钻出来的孩子推向前面去。

水飞快的冲向这里来，起先仅仅没到脚踝骨，现在已经没到膝头了。

十多个孩子一齐聚集在兆伯的四旁，他们还嘈杂地争论着。

——不要闹，看水是那里来的！

兆伯发着命令，许多孩子立刻停止了争论听着。

水声像瀑布一般奔腾着，水冲着石壁的回响像雷震般喧嚣着。水在他们的脚底下一直高涨起来……

——快走，冲到前面去再说！

孩子们跟着兆伯向前冲去。他们在水里滑跌着，滚着……

——水是从对面来的，水是从对面来的！

一个孩子高声唤了起来。

——我们退回去罢，那边的水更大了！

另外一个孩子向兆伯提出抗议了。

——向前去，跟着我来！——兆伯的态度很坚决——跟着我来。水是从上风坑来的，我们要立刻冲出上风坑，否则我们都会淹死……你知道么，背后是没有出去的路的！

孩子们静默了，把瓦斯灯擎得高高的向水里奔前去。

他们已经奔到通上风坑的石磴了。水到这里愈加高涨起来，差不多涨到孩子们的胸部了。

——爬上去呀……爬到石磴上去呀！

兆伯在后面督促着他们。可是孩子们没有能力爬上石磴去。水像瀑布一样从洞口泻下来，水力集中着孩子们的胸部推过来。孩子们的一只脚刚跨上石磴，就被水力的推进压倒了。

孩子们一连倒下了三个，连瓦斯灯都在水里浸灭了！

——努力呀，爬上去啊，否则要死在这里了！……把点着的瓦斯灯给我一盏，灯都弄熄灭了可更糟了！

孩子们中捻一盏最亮的瓦斯灯交给了兆伯，他们更努力地向水的急湍中冲上去。年纪比较大一点的富根把左手里的瓦斯灯擎得高高的，一扑身连头都没进水里去，他的右手扶着高低不平的石壁，两脚勾牢了石磴的缺口，使足了劲望上面冲过去。石磴一共有十多级，他颠扑了两次，终于给他冲了上去，而且瓦斯灯也不曾灭掉。

接着一个一个爬了上去，他们都喝到了几口生水，瓦斯灯已经都被水浸灭了，除了富根手里仅存的那一盏之外，连兆伯手里的也不曾保住。他们到了上面，把瓦斯灯嘴擦干了，从新把来燃点着，再整起队伍来走向前面去。

上面的水势更来得急，因为上风坑的坑道是斜坡形的，他们正要向上跑，水直向下奔来。水势愈向前愈凶，走出了石塄不过二十步光景，水已经浸到他们的头顶了。

水面和坑道的顶相差得不过半尺了，水还不住地奔来，渐渐的高涨。他们离开地面还有不少的路，照涨水的速度比，他们已经没有活着到地面的可能了。

——快走呀！……眼看着大家没有命了……

兆伯在后面催促着，他末了的几个字被一股冲进他口去的急水所噎住了。孩子们跌仆着在水里滚着，他们的呼吸已经很成困难了，因为一不小心水就会直冲进他们的嘴里去。

水不像有缓滞的希望，眼看着整个矿道要被水全没，将没有一点儿空隙的地位了。可是他们仍然拼着仅存的一点希望向上面冲前去。他们只要回顾着背后，他们刚才走过的不多路，坑道已经全是水，连上面仅有的半尺来的空隙也已经塞满了。

他们不绝地向前。

末后，他们又走到一个石塄的附近了，水势也来得比较慢一些了。他们向着石塄上爬去，他们爬上一级石塄，身子比较多露出水面一些。这一段坑道比较其他地方格外高大些，宽阔些。等到他们都爬上了石塄向前后一望，水已经把全个坑道淹没了！只有他立着的地方，水面和坑道的石壁空着有二尺来地方，其余都给水塞满了！

——糟了！现在已经不能再向前走了！

——水有退落的希望么？

——只有在这里等死的一法，水是不会退去一点的了！

——我们已经完全没有希望了！

——我们有希望么，兆伯？

兆伯并不回答，半天以后他才开口说：

——下面的石头滑得很，跌下去就没有命了！

接着是长久的沉默，大家看着大家死灰的脸色，死的预感已经笼罩着他们，他们哭起来了。

慢慢地呼吸急促起来了，瓦斯灯无缘无故的灭下来了，说话的声音听不大清楚了。他们的胸口觉得被不可抵抗的东西紧压着。这是因为他们在一个大的水泡里的缘故，四面没有通风的隙地。

——我知道了！——兆伯突然叫了起来。——这个上面是孝妇河，这里是河底。你们看前面的坑道特别狭，特别低，上面有许多的支柱撑着许多的石板。这石板是当时弄来托住孝妇河的河底的！……假使我们把这支柱弄倒了，孝妇河一定就会穿了底，或则我们倒可以从河底里升着水面上去呢！

——来，那么大家一齐动手！

孩子们全体赞成了。

——慢些！——兆伯止住他们说：这对于我们不一定是生路啊！谁断得定我们一定能够升到水面上去呢！假使这样一来，对于这个矿完全弄糟了！坑道和孝妇河穿了洞，坑道里的水永远打不干了！我们总是预备着死了，让老板还有个重新整顿的机会……不要毁坏了它罢，来找事情做的人有不少在等着啊！

——为了这个么？我们的命呢？老板不买一个打水机来，以后死的人还有不少在等着呢！

——为了老板，大家都不要命么？

孩子们大家都反对了。兆伯更热烈地叫了起来。

——为了大家啊。留着这个坑罢，为着许多没有饭吃来找事情做的弟兄们啊！

接着，有一个孩子大喊起来：

——为着老板呢？为着大家？

——毁了它罢，只有老板才是赚钱的啊！

富根的嗓音已经完全哑涩了，他大喊了一声，一翻身扑进水底下去。接着又有二三孩子钻进水里去。

突然，水直涌进坑道来，孝妇河的河底已经穿了。

水的冲击把立着的几个人都冲倒了，因为空隙的地方并不多，水一刻儿就把这空隙塞满了，并且静止了。

…………

在孝妇河的水面上，有几个半死的孩子挣扎着浮了起来。

（原载 1930 年 5 月 1 日《大众文艺》第二卷第四期）

五月一日

（一幕喜剧）

时：一九三×年五月一日晨

地：大都会

人：资本家

　　资本家的夫人

　　资本家的雇员

　　仆人

　　群众无数

景：资本家的私室。写字台，沙发椅，书架……等等，一如普通书室的陈设。后面是一排窗，垂着纱帘。一扇门通外面，一扇门通内室。

最注目处的壁上钉着一本特别来得大的日历，日历上还是四月三十日。

开幕时。

资本家伏桌而睡，桌子上全是些凌乱的纸片，桌子旁边的地板上积着一大堆纸烟头，烧剩的字纸。

台灯还亮着，可是窗隙间已经有晨光射进来了。

冷台约一分钟光景。

资本家的夫人从内室进来。她向四面探望了一下，突然看见她的丈夫还睡着在桌上，想要走上去推醒他，可是看见了地下的纸烟头和烧剩的字纸，立刻就止住了脚步，踌躇一下。

资本家的夫人：啊，他一夜没有睡啊！

（倒在沙发椅里。两手捧着头沉默了一下。）

资本家的夫人：真是太辛苦了，已经一个星期了呢，总是整日整夜不得一点空。倒霉的时候啊，这样麻烦人的！……人也消瘦了，近来东西也吃不多了。正是温暖的时候，应该到杭州去游西湖哩，可是整日整夜埋在这些讨厌的字纸堆里，我看着也觉得厌烦了！……

啊，他会着凉了呢。

（拿起绒毡来替他盖上。他翻了一下身。）

资本家的夫人（微笑）：醒了么？睡得好熟啊！天明了呢，睡到床上去吧。

（资本家又睡着了。）

这样好睡啊！醒醒吧，天明啦！……啊，他又睡着了。

他真辛苦啊，这几天来什么时候都在筹划，筹划，筹划，刻刻担心着工人罢工，刻刻担心着给工人把工厂捣毁，刻刻担心着工人暴动！……一刻儿也不得安定啊，走到路上去又怕给人暗杀了，钱又怕给人抢了去！

发财人的日子也不容易过啊！

处处要筹划怎样能够把钱弄到手，处处要当心怎样把金钱保得安分，还处处要担心着自己的性命！发财人真不容易做啊！发财并不舒服呢，我也厌腻了。

穷人也是苦的，穷人我也不要做。我只要安定，安定，安定。我并不曾想过要发财，只要有吃有用，不穷就够了。

我担不得心事，可是我是很知足的，我只要坐着享些清福就够了。像这样担心事的日子我过不惯啊！

资本家（说梦话）：去调商团来驻防！……快！……限十分钟调到！……拿我的名片去！……

资本家的夫人（走向他去，苦笑。）：想得太厉害了，说梦话了！……醒来吧，天明哩！

资本家（说梦话）：把厂门关起来，谁都不准出去！……

资本家的夫人：可怜啊，你要发疯了！……醒来罢！

资本家（说梦话）：五月一日日夜开工，不准请假！……做工的双薪……不做工的开除……说闲话的枪毙！……

资本家的夫人：算了罢，已经晚了！

资本家（说梦话）：枪毙他，送他公安局去……他反动！……枪毙！……我的命令！……

资本家的夫人（推她的丈夫醒来）：醒来罢，醒来罢，什么都已经完了！

资本家（醒来）：你跑来干什么？你为什么不去睡呢？……去睡罢，乖乖！凑今天还是四月三十号，去睡个好觉罢，明天难过呢！

资本家的夫人：五月一号了，已经！

资本家：没有，没有！你弄错了！五月一号没有这样好过！

资本家的夫人（把台灯灭了）：你看，已经天明了。

资本家（连忙把灯开亮）：没有，没有。

（电灯自己熄灭）

资本家的夫人：电力厂也罢工了！

资本家：不会，不会，绝不会的！

（把电灯开关弄了几下，终于没有电。）

为什么你要管这些闲事呢？去睡你的觉罢！……能够睡觉是最幸福的事。睡了觉可以什么也不管，什么也不知道。外面闹得天翻地覆都可以不管，睡了觉尽可以在梦里找快乐去……去睡觉罢，好乖乖，让五月一日在睡梦里过了吧！……我早就告诉过你了，睡不着的时候可以多预备几包安眠药。

资本家的夫人：你真是睡昏了，连日子都弄不清楚了！已经是五月一日了呢，什么都罢了工了！

资本家：让我睡罢，我已经吃了三次安眠药了，你也快去吃罢！

资本家的夫人（发怒）：报纸也没有了，牛乳也没有了，面包也买不到了！什么都罢了工了！……吃的东西都没有了，我在担心着今天怎么过呢？

资本家：还是去睡觉。我已经计划了一天一夜了，我把什么都安排好了，公安队，巡捕，保安队，保卫队，商团，民团，义勇团，陆军，海军，缉私营，水上公安队，监哨……我们一起都调到了。要路上的机关枪也架好了，工厂门口都守好了，连救火队也全体出马了！……假使还要闹，那是天命！

资本家的夫人：随你的军队有几千几万罢，可是面包连一个也没有啊！

资本家：去买罢！

资本家的夫人：好容易。我叫用人去买了，可是已经出去了一个钟头了，还没有来呢！

（通外面的门突然推开，资本家的雇员进来。）

雇员：不好啦，先生！……什么都罢了工了！

资本家：那么军队呢？保卫团呢？

雇员：投降了工人了！

资本家：浑蛋！那么商团呢？公安队呢？

雇员：投降了工人了！

资本家：浑蛋，浑蛋！还有呢。民团呢？巡捕呢？

雇员：都投降了过去了，先生！……什么都失败了，我们的计划都失败了！

资本家：厂门关起来了么？

雇员：早就给工人冲开了！

资本家：浑蛋，暴徒！枪毙他们！

雇员：保卫队长，团长，局长，巡长，早就给工人枪毙了！

资本家：不，不！我在做梦么？

雇员：真的，先生！

资本家：那么为什么不早来告诉我呢？

雇员：我是走来的！

资本家：浑蛋！这不是散步的时候！为什么要走呢？

雇员：汽车夫和工人一起示威去了！

资本家：电车呢？

雇员：罢工啦！

资本家：公共汽车呢？

雇员：也罢工啦！

资本家：黄包车呢？

雇员：都罢工了，都去示威啦！

资本家：浑蛋！这都是你们不努力！

（拿起手杖向雇员劈头一棒。）

雇员：我努力的，先生，可是工人太凶了！我不努力，我自己没有饭吃了，这我难道不知道么？

（通外面的门又开了，仆人满面流着血，手里捧着一罐乳粉，一个干面包。）

资本家的夫人：为什么到现在才回来？又和人家打架了！

仆人：没有，太太！是给工人打了一顿！他们说今天总罢工，总示威，要给资本家，帝国主义者们一个教训，要他们知道没有我们工人，他们是活不成的，什么人都是靠着我们工人过日子的。他们不准我替老爷太太买东西，我不听他们，他们把我血都打出来了！

资本家：浑蛋，浑蛋！扰乱治安，去叫警察拘捕他们！

仆人：老爷，我找了半天没有警察，他们都罢岗了，因为他们也是穷人！

资本家的夫人：你买了些什么东西？

（仆人把东西放在桌上。）

资本家（举起手杖向仆人乱打）：浑蛋！这面包怎么能够吃！这乳粉是孩子吃的！浑蛋！一定是偷懒，不去买新鲜面包，鲜牛乳！

仆人：什么工人都罢工了，那里有新鲜的呢？这个还是我走了小街才买到手的，否则早就给工人纠察队抢去了！

资本家：浑蛋！没中用的东西！

（不断地用棒打着仆人。仆人怒极了！）

仆人：还是作威作福！好，我也罢工了，我也向你示威！你们是靠着我们活的，没有我们你能够吃得饱，穿得暖么？……刚才他们拖我一起示威，我以为示威去了会被你开除，其实我是错了，我错了，并不是我们靠你活命，而是你们靠我们活命的！……好，现在我懂得了，懂得真理了！……我们，我们穷苦的工人农人，我们用手做工的人，我们这些素来被你们打骂的，素来被你们看不起的，我们倒是有能力的人！……好，我也去了，他们正等着我！……再会吧，我们要向你们示威！

资本家：世界反了，世界反了！

（仆人走出门去。）

资本家的夫人：你还想睡觉，你还要做梦！你看，你看！

资本家：出乎意料的，出乎意料的！

资本家的夫人：啊，闷啊！

（走去把窗推开。）

（从窗里可以望见工厂的不出烟的烟突）

（突然看见日历。）

资本家的夫人：今天是五月一日了啊！

资本家：不是，不是！

资本家的夫人：是！你睡昏了！

资本家：不是，到五月一日我们要难过了，我不要它来啊！这个倒霉的日子！

资本家的夫人（跑去撕日历。）

（资本家止住她。）

182

资本家的夫人：你还在做梦吗？

（日历撕下。）

（出现通红的"五月一日"来。）

（资本家颓然倒到沙发里去。）

（跟着日历撕下来的时候，群众的歌声起来了。歌声由远而近，向着室内冲进来。一切革命的歌曲都可以在这里高声呼叫了。）

（群众迫近来，冲进门来。）

（资本家，资本家的夫人，资本家的雇员一起躲在桌子底下，沙发底下发抖着。）

（群众打起了各个革命团体的旗帜，挤得满个舞台没有一点儿隙地。）

（于是一个一个人爬上桌子上去演讲。）

（传单，标语满场乱飞。）

（观众也可以拥上台去，可以自由演讲。）

（口号！）

——幕——

（原载 1930 年 6 月 1 日《大众文艺》
第二卷第五期、第六期合刊）